中国园林理法

孟兆祯　著

北京出版集团
北京出版社

本书得到

北京林业大学建设风景园林学世界一流学科和特色发展引导专项（2022XKJS0202）资助

孟兆祯，中国工程院院士，北京林业大学教授、博士生导师，中国风景园林学界一代宗师。无论是在教书育人、学术研究，还是规划设计领域均取得重要成就。全面精辟地对明代名著《园冶》进行了系统的整理和剖析，在继承中国传统园林理论方面有独到的见解与发展。代表性专著：《园衍》；代表性风景园林设计作品：深圳市仙湖风景植物园总体规划与设计。

目录

步小築

设计的理论与手法经常是难以分割的，可合称理法。纵观中国园林，长城内外、大江南北都能体现中华民族统一的理法，而且也可以大致归纳成以下内容：

中国园林设计序列与西方比较有较大的差异。西方的设计思维序列首先强调理性分析，分析空间的功能、性质和形态。有时甚至最后才确定用什么植物种类进行点缀。而中国的园林艺术与中国的文学绘画同宗同源、一脉相承，对其影响至深的首推中国的文学。文学，可视为中国一切文化艺术的鼻祖或源头。书有文本，剧有剧本，景有景本。一部《诗经》不仅确立了“赋、比、兴”的文艺思维体系，甚至影响到其后几千年中国文化的成长与分化。园林创作的基本理法和设计序列也基于此脉，不过另具有其环境空间艺术的特殊性而已。

《园冶》中对于设计序列的问题虽未明言，但实际上已包含了主要序列的内容。在其基础之上，我想应用一

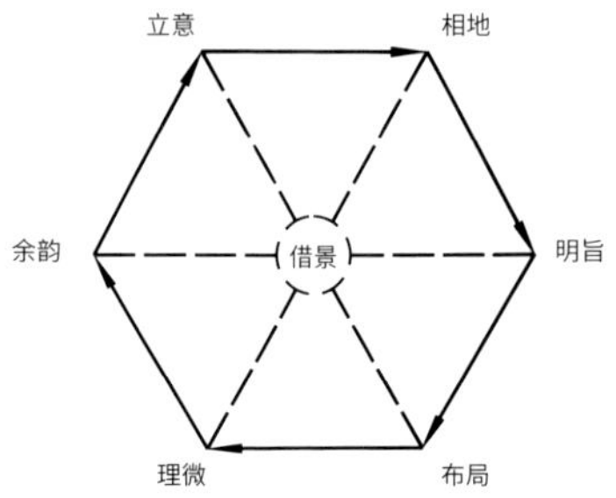

些现代词汇及理念简明扼要地阐明一下，而序列每一环节的名称力求与《园冶》的文风相近。通过将中国的园林游历一番后，可以明显看到：作品虽然千变万化，却又有其万变不离其宗和共同遵循的设计、创作序列。

中国园林艺术从创作过程来看，设计序列有以下主要环节：明旨、相地、立意、布局、理微和余韵。而借景作为中心环节与每个环节都构成必然依赖关系。将以上序列进一步加以归纳，可以将园林艺术创作的过程分为两个阶段：景意和景象。前者属于逻辑思维，而后者属于形象思维。从逻辑思维到形象思维是一种从抽象到具象的飞跃，非一蹴而就，但终究是必须而且可行的。以上提到的只是创作序列的模式，并不是死板而一成不变的，实践中完全可以交叉甚至互换。但客观是有规律可寻的，的确存在这么一个客观的设计序列。

明旨

一

明 旨

1.

所谓明旨，就是首先明确兴造园林的目的（图1）。也许由于历史局限，此定义在计成的《园冶》中并未明显涉及。但是，世事皆事出有因，世人做事皆应有的放矢，园林亦然。刘敦桢先生在分析“苏州古典园林”时首先就分析造园目的。今日园林虽发展为单体的城市园林或风景名胜区、城市绿地系统规划和大地景物规划三个层次，但仍然各有其兴造的目的。这就是用地的定位与定性。

兴造园林的总目的是：不断满足人对人居环境中的自然环境在物质及精神两方面的综合需求，建设生态良好、风景优美的环境；争取最大限度地发挥园林在环境效益、社会效益以及经济效益等多方面的综合功能；提供既有利于健康长寿同时又

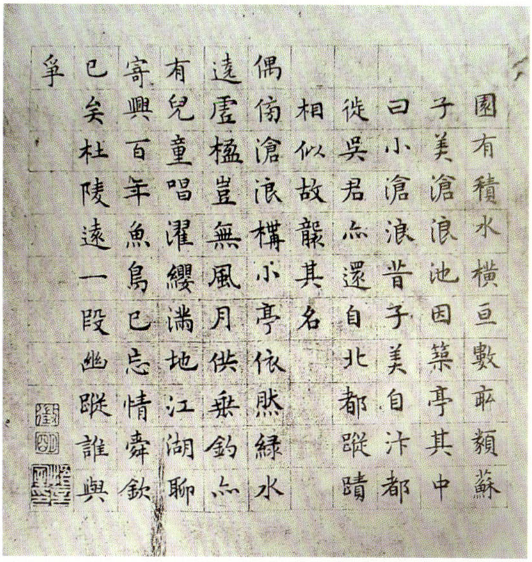

園有積水橫亘數畝類蘇子美滄浪池因築亭其中曰小滄浪昔子美自汴都從吳君亦還自北都蹤蹟相似故襲其名

偶傍滄浪構小亭依然綠水遶虛楹豈無風月供垂釣亦有兒童唱濯纓滿地江湖聊寄興百年魚鳥已忘情舜欽已矣杜陵遠一段幽蹤誰與爭

1

文徵明《拙政园三十一景册》之六——“小沧浪”，文徵明所附“小沧浪”诗文明确表达了造园的主旨：

偶傍沧浪构小亭，依然绿水绕虚楹，
岂无风月供垂钓，亦有儿童唱濯缨，
满地江湖聊寄兴，百年鱼鸟已忘情，
舜钦已矣杜陵远，一段幽踪谁与争。

表明园主人心系山林、清白一生的孤傲品格，拙政园便是这种文人品格的物化形式

（图片引自《苏州园林山水画选》）

可供文化休息和游览的生态环境，并将健康、丰富的文化内涵赋予其中，以期收到寓教于游的效果。明旨，就是要在明确树立以总目的为宗旨的前提下，开展各项具体的园林设计活动，确定其矛盾特殊性。

现在很多地方流行兴建主题公园，其中有一部分由于过于强调人拟的主题，而忽视了人与自然这个总的、永恒的主题，不知不觉走上了与造园宗旨背道而驰之路。大量的建筑和铺装场地显得堆砌和张扬，相形之下，一点儿可怜的绿地连公园绿地在用地平衡中的基本指标都达不到。这就走出了园林的范畴，而蜕变为游乐场、博物馆或其他的文化娱乐设施。

在总的目标指导下，各类型园林有其各自的特殊性。换句话说，就是要分清园林或绿地的用地性质，明确定性和定位，务求准确。定性和定位不准确，设计思路是否对路就无从谈起。也就是说，第一步就是要区分将要设计的园林是属于城市园林，还是风景名胜区或大地景物。如果是城市园林，下一步要分清绿地的类型，进而再细分是否属于公园绿地，属于何种性质、何种级别的公园，等等，必须一一调研清楚。实践中常常出现两种定性和定位不准的情况。一种是诸多客观因素造成设计者难以弄清；另一种则是设计者虽然清楚项目的定性和定位，但出于迁就甲方意志，不敢提出有悖设计任务书的意见或观点，针对这一点我们应贯彻科学发展观。

一次，我们接受苏州拟扩大以虎丘为中心的大型公共绿地的规划设计任务。此项目用地的准确性质应为含风景名胜区的城市综合文化休闲公园。在设计组讨论过程中出现“不要明确定性”的意见,大家认为只提风景名胜区或含糊其词一些为妥,担心提出任务书中没有的观点不能中标。而我却认为我们设计的目的不单纯是为了中标，更重要的是要提出我们对用地的设计理念。任务书既已明确要求设计者对用地定性提出看法，明确地给用地定性也是设计者的天职。其后，我履行了设计主持人的职责，坚持表达自己的观点，结果得到招标方的认同而中了标。

要确定用地性质必须收集并研究大量的相关资料，首先是自然资源和人文资源，特别是涉及历史、地理与人文掌故等方面的资料。我很赞同“研今必习古，无古不成今”的观点。古园林或为祭祀天地，或为皇家避暑，或为孝敬父母，或为纪念宗祠，或为饲养家畜，或为闭门思过，或为退位隐居，都明确各自的造园、造景目的。此外，还要了解和理解该用地所属上一层的总体规划，就城市而言涉及区域规划、城市群规划和城市规划乃至城市设计等，以期达到充分调动和利用当地自然资源与人文资源的效果。先经过细致周密的调查与研究，然后果断明确地进行定性和定位。其过程如同打造一面铜锣，讲究“千锤打锣，一锤定音”。

立意

二

立意

2.

兴造园林之初，除了确定用地性质所牵动的科学技术性构思以外，由于中国园林历史上长期以来接受中国文学与绘画的影响，与其产生了千丝万缕的联系，以“意在手先”的观念构思作品的意境，就是园林设计的立意。实际功能和立意是一体的两方面，意借旨与地宜而生，旨借意而具内蕴从而发挥形神兼备之艺术效果（图 **2**）。

近代文艺理论家王国维说："文学之事，其内足以摅己，而外足以感人者，意与境二者而已。"西晋陆机在《文赋》中说："遵四时以叹逝，瞻万物而思纷；悲落叶于劲秋，喜柔条于芳春。"东晋王微说："望秋云神飞扬，临春风思浩荡。"南朝画家宗炳归纳为"应目会心""万趣融于神思"。王夫之说得更明白："情、景名为二，而实不可离。神于诗者妙合无垠，巧者则有情中景、景中情。"前人对意境的精辟见解给我们极大的启发。文化随时代发展，于今，我

2
明代杜琼《友松图》描绘了一个典型的文人园林环境，主旨：与奇松、瘦竹、丑石三友为伍，恰如计成在《园冶》开篇所云，径缘三益，地偏为胜，园林品位即是园主的品位（北京故宫博物院藏）

们要立与时俱进之意。

从园林作品中表达出来的意境可以说与文学作品一样：对设计者而言，足以言志抒怀；对游览者而言，足以触景生情。主、客观经碰撞后在心灵上产生共鸣效果，在景物以外产生出“只可意会，不可言传”的境界。

意境从何而来呢？

宗旨既定，功能亦明，要将其升华为意境就要遵循中国文化传统中“天人合一”的总纲以及艺术理论方面“物我交融”的哲理；运用形象思维，借助文学艺术的比兴手法和绘画艺术“外师造化，中得心源”的理法，结合园主与环境的特色加以融会贯通。由此，作品的意境便会从无到有，从朦胧走向明朗。在思维过程中要学会寻觅、捕捉最初萌生的一些也许是一闪之念的构思，不要轻易放弃或否定。不要担心这些闪念过于细微琐碎，有时抓不准就可以放大，加以衍生、渲染，此时胸中的意境就从无到有地逐步明朗了，直至达到成竹在胸的程度。被计成大师视为园林第一要法的“借景”，很大程度上要依靠意境的提炼来体现。如果说园林是文章，意境就是主题的灵魂。文章不仅要按题行文，还要以神赋形。

我曾经被邀请为黄河壶口瀑布风景区设计一座桥。起因是由于黄河水位落差变化较大，导致壶口地区的支流河道随季节变迁无常。而观赏瀑布最佳视点的位置有时甚至为支流河道所隔，形同孤岛，难以到达，影响慕名而来的游客们对壶口瀑布的游赏。此外，由于水流湍急而浅，采用舟渡等方式均不理想。我到壶口实地考察一看，果然百闻不如一见，不禁暗惊，叹服我中华自然山河之壮丽，使一切人为之物显得渺小、笨拙、丑陋不堪。现场实际需跨越200多米的距离，才能到达最佳视点。两岸远近高山叠嶂，黄河流水中贯南北，至壶口处收敛如玉壶之口。水流因断面突缩而流速迅猛，在地势形成的高落差的作用下，喷薄而出，跌宕直下，形成汹涌澎湃之势，发出风驰雷吼般的巨响。大河之吼，惊天动地，气势恢宏，游人无不为之耳目一震。在这种宏大辉煌的大地景物环境中，一般的桥都很难与环境协调。我考虑唯一能够与水协调的是与之相衔共生的滩石。山水之间，滩石与流水相磨相濡，此消彼长，地久天长。于是萌生了仿石滩之流纹岩，布置成自然滩石堤岛与之衔接的念头。工程技术的可行性方面，在与结构工程师黄金锜先生交流想法后得到了支持。下一步如何立意呢？无意中在翻阅当地“地方志”所载的诗文中得到启发：传说有巨龙深潜潭底，翻腾不息。这正合“水不在深，有龙则灵”的古意。于是我就想象潜在潭下的蛟龙翻腾时，蜿蜒、斑驳的脊背浮出水面，恰似我们按河滩石脉衍生的带状石岛。至此，“桥”的立意既定，

“神龙脊”的立意和命名也就油然而生。这种手法在中国传统文学理论里称为“比兴”，园林理论里称为“借景”。因为借景手法不应局限于对周围环境某个景致的借用，还应该在赋予园林作品所承载的内涵“意义”上，广泛汲取、借鉴。这就是计成大师在《园冶》中提到的“巧于因借，精在体宜”。也就是强调立意不但要巧妙，出人所料；更要得当，在情理之中，意料之外。河滩之石为可借之地宜，巧于借来做自然滩石石堤，并按人的意志将游人引导到最佳视点。

本书执笔期间，接到了邯郸市兴建“赵苑”的总体设计任务。此项目就用地定性来说为城市中心部位休息公园，保留有战国赵武灵王时期插箭岭、梳妆楼、照眉池和铸箭炉等遗迹，因此立意为“茹古涵今”，即古今文化交融一体的现代公园。赵苑是古意的，公园是现代的，即要做成深涵古意以寓教于景的现代公园。我们将古迹化为现代公园景物，如骑射斯风、妆

3

4

5

6

3

赵苑

4

耦园额题与楹联

5

罨画池听诗观画

6

罨画池

7
寄畅园八音涧的乾隆御题“玉戛金摐”,“玉戛”指流泉,“金摐”指假山

台梳云。

用地总体要立意，局部造景也要立意。一些古典名园甚至连室内的几案、摆设用品无不通过题刻、书画等创造的意境来表达创意。一把太师椅可以满载诗意，甚至一条扁担也可以做诗的载体，这就是中国文化。

园景组成的因素主要是地形地貌、植物、建筑、水体、山石、假山、园路、场地以及小品等。除了青蛙、鸣蝉、飞鸟等小动物以及流水、清风外，其他组成因素都属默声者。因此，设计者的立意以及意境只有借题额、楹联和摩崖石刻等形式表达。从而衍生出园林艺术微观鉴赏的三绝：文法、书法和刀法。园林要“景以境出”，除意境外，物境便是写意自然山水的地形竖向设计（图3～图7）。

问君

三

问名 3.

立意要通过“问名”来表达。中国人很重视问名，孔子说：“名不正则言不顺，言不顺则事不成。”把正名提到成败之关键。

问名，就是思度、揣摩景物的名称，对设计者而言是构想名称，对游览者而言是望文生义、见景生情、求名解景的过程。二者的碰撞与统一就是设计艺术效果产生共鸣的展现过程。

西方绘画和园林的基础是建筑学，以理性和数理美学为特征。中国园林则是以文学为基础的，尤其强调突出诗性的思维，问名在此显得尤为重要。中国园林的内质是“文”，是“景面文心”的园林，在“天人合一”的审美体系中，“景”的核心是天然之境，“人”的核心则是“文心”，两者又都依托于诗性，凡造园构思和欣赏园林皆不越此樊篱。

名，引申为名目、名义，强调要师出有名。名不仅是符号，现代有些人往往把姓名看作简单的符号，无艺术性可言，殊不知艺术由此而生。古人有姓、名、字、号等多种称谓来经纬一个人的名称，不仅不易雷同，而且意蕴深邃。京剧里有一出著名的三国戏《失街亭·空城计·斩马谡》，主要角色诸葛亮上台以后自报家门："复姓诸葛，名亮，字孔明，道号卧龙。""亮"与"孔明"同义而异表，表示以谋士为志者必须是心明眼亮之士。道号"卧龙"，则表示是生长在卧龙岗的人，同时意含藏龙卧虎，不求虚名之志。寥寥数字勾勒出一个古代智者的形象。再以《园冶》作者计成的名字为例，姓计，名成，字无否（pǐ），计既成，当然没有什么欠缺与毛病。《闲情偶寄》作者李渔，姓李，名渔，号笠翁。人所皆知的渔翁形象不正是蓑衣笠帽吗？我国著名的林学家、造园学家、教育家陈植先生，姓陈，名植，字养材，正体现其有志于树木与树人，再贴切不过。

因名解意的过程称为"问名心晓"。人名如此，园名、景名的基本道理也是一致的。但景名较之于人名是通过更多人的思考和策划而得来的，有一些还要在实践中长期磨合，经过优胜劣汰的筛选过程形成理想而永恒的景名。例如，杭州西湖历史上最早称为"武林水"，又有"明圣湖""金牛湖""钱塘湖"

等别名，无不有其一定的道理。直至唐代，因西湖位于杭州城之西部，按地理方位的关系始命名为西湖。白居易在《余杭形胜》中有诗赞道："余杭形胜四方无，州傍青山县枕湖。"这说明地方形胜的重要性，反映了天人合一的理念。到北宋以后，"西湖"被公认为其正名，开始在官方文件中统一启用。文学家的诗文也已经以"西湖"代替"钱塘湖"。其中最广为流传的是苏东坡的名句："欲把西湖比西子，淡妆浓抹总相宜。"这就是自然的人格化，将一个地理景致与古代的美女西施联系在一起，二者皆为天生丽质，且素质高雅，再恰当不过。由此也阐明了中国文学与风景园林相辅相成、相互依存、相得益彰的关系，即"文借景生，景因文传"。而今西湖是中国风景园林的标志，游后的人永远留下深刻美好的印象，未游者也闻名生羡，憧憬未来一游。

问名的过程，可以说是将地理景观文学艺术化的过程。文学中的诗是言志的，因此，问名也反映设计者的世界观和人生观。古代文人崇尚"读万卷书，行万里路"，即汲取前人对世间事物的认识作为文学创作的间接经验，立身于大自然和社会中，将其作为取之不尽、用之不竭的素材源泉。中国园林将自然美和社会哲理结合为艺术美，没有文学的升华是不可能产生"寓教于景"的艺术效果的。

问名，相当于文学创作中的命题。作文要按题行文，行文纲举目张。园林造景艺术犹如文学创作，是讲求章法与理法的，要按题造景。题目之由来很广泛，很难一概而论，总的来说是借自然给予的人格化去构思立意。一般来说，问名主要是阐明造园的目的，点出造园的特色；或表明地域所在，或借名抒情。从“问名心晓”的认识过程可以了解到颐和园是取“颐养冲和”之意，不言而喻，园是为孝敬老人而建的。晚辈出于孝心建园以颐养天年，使趋“冲和”。皇家的老年人就是皇太后，因此可以得知颐和园是皇帝为孝敬慈禧太后所建。同一主题可以用不同的方式表达，上海建于明代的豫园也是孝敬老人的，但意却取自“豫悦老亲”。

园名与园中的各处景名常形成一个抒情的序列，相当于行文的各个章节。苏州近郊的同里镇有一处著名的江南私家园林“退思园”，问名心晓，其意为“退而思过”。园主人任兰生是清代光绪年间负责两府两州十八县的整饷兵备，享受万斤俸禄。被弹劾解职后挂甲归里，延请袁龙为他设计了退思园。园门背后上方砖雕额题“云烟锁钥”，既反映出江南水乡烟云缭绕的地理之宜，也影射出园主人遭贬谪后的处境与心态，一语双关。园内主体建筑名曰“退思草堂”，正是中国传统文人“穷则独善其身，达则兼济天下”思想的写照。园内其他体现中国文化“物我交融”“托物言志”的景名更是不胜枚举。为寄托失意的凄悲情感，以“天香秋满”为院，遍植金桂，生成暗香浮动、盈月可赏的景致。院内建筑的延展仿效八股文“起承转合”的章法。以“水香榭”为“起”。九曲廊起到“承”的作用，九为至高之数，使人感受到主人愁肠百转的郁闷心态。九曲廊上有九面廊墙，一墙一透窗，一窗篆一字，九字合成一句话，正是：“清风明月不须一钱买”。（图 **8**）其意与苏州沧浪亭之山亭所镌刻的对联“清风明月本无价，近水远山皆有情”还有所别。这里的潜台词是：将我免职又能怎样，还能剥夺我沉湎于大自然的权利吗？清风明月，世人可赏，无须一钱。园中假山，下穿洞上安亭，景名“眠云亭”，意在“欲知花乳清冷味，须是眠云跂石人”。值得指出的是，建园之时园主人并非看破红尘，而对世事与官场还暗存眷顾。园内

8
九面廊墙之“风”“不”

有一小石舫，自九曲廊尽端斜出水面，取名“闹红一舸”，意在欣赏水中红鱼，却不经意间流露出盼望有朝一日再走红运的内心独白，有意思的是后来园主人真的时来运转复出了。

清代朴学大师俞樾在苏州建有“曲园”（图 9）。曲园是一座书斋园林，园中仅一亭一廊，一水一石，构图至简，一如作者简淡闲雅的个性。园址平面形如曲尺，本不十分理想，一般人会极力回避。但园主反向思维，因势利导，取意《老子》中“曲则全”之句，将园子命名为“曲园”，于曲折中生出新意，于至简中见出深情，寥寥几笔，人生的意蕴尽含其中。曲园之中，俞樾讲学和会客之处，名曰“春在堂”，大师俞樾早年科举凭一句“花落春仍在”，打动了主考官，得以高中，“春在”一词伴随着园主一生最为辉煌的记忆，而垂垂暮年之时，俞樾已经明白了人生的春天不是仕途功名，而是笔砚春秋。“生无补乎时，死无关乎数，辛辛苦苦，著二百五十余卷书，流播四方，是亦足矣；仰不愧于天，俯不怍于人，浩浩荡荡，数半生三十多年事，放怀一笑，吾其归欤？”“春在堂”上的楹联恰恰是曲园主人造园、立身、为人的最佳体现（图 10）。

对现实生活加以大胆的艺术夸张，往往能收到奇效。苏州有占地面积仅约 140 平方米的自然山水园，园名“残粒园”。米粒本来就小，残而不全就更见其微了。然而，园虽乖小而尤

9

《曲园图》:“曲园者，一曲而已，强被园名，聊以自娱。”

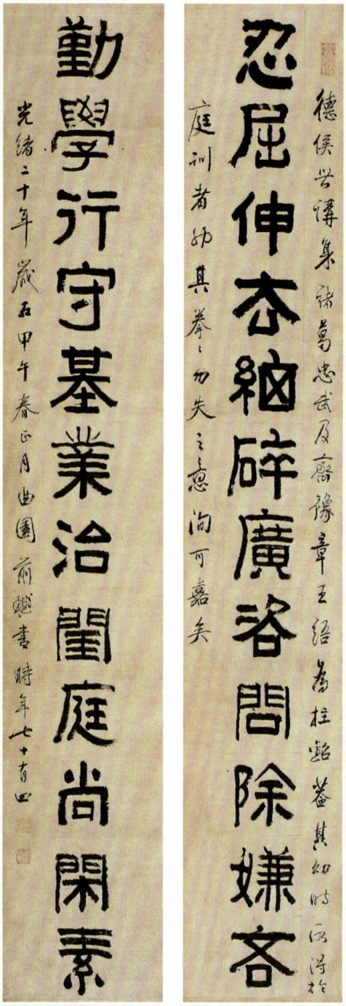

10

清代朴学大师俞樾亲笔题曲园楹联：忍屈伸去细碎广咨问除嫌吝，勤学行守基业治闺庭尚闲素。以“曲”名园，表明了园主人“唯曲则全”的道家思想和处世之道（王劲滔／提供）

精致，有亭，有山，有水，曲折深邃，起伏高低，错落有致。故园门内额题“锦窠”，“窠”为治印时在石面上勾画的控线，点明此园有藏万千气象于方寸之间的精妙（图 11）。

江苏常州“近园”内有一室，为言其小，取名“容膝居”。既夸张地表达了室小的意思，同时给人以“促膝谈心”的亲切感。承德避暑山庄山区有一道曲折而狭长的山谷，谷之尽端风景独好，于是随山傍水布置精舍数间，题名为“食蔗居”。借吃甘蔗越啃到根部越甜的生活常理，形象地暗示出优美的景点藏于谷端。“食蔗末益甘”是尽人皆知的，而用以言景却很少有人想到（图 12）。

四川省是文化蕴涵十分深厚的地方，使我在园林问名方面增长了很多知识。自贡市有一座盐业行会的会馆建筑，其会客室取名为“胜读十年”。自然是取自“听君一席话，胜读十年书”。待客如此尊重，实际上也能收到主客相互受益的效果。川西平原的崇庆有一所古园林名曰“罨画池”，其中一景题为“风送花香入酒卮”，显得雅俗相安、无拘无束。同样的意思，如果照搬西湖十景的“曲院风荷”就令人兴味索然了。一次，我在成都逛街，偶见一饭馆的招牌为“口吅品”，因不识其中一字，念都念不成句，更别提解其意了。回来后查了《康熙字典》，总算明白其含义。吃饭用口，因而三个字都带“口”。总

要吃第一口，一口尝鲜，所以第一个字是一个口。第二个字音念“xuān”，意为赞赏、夸奖。即客人吃第二口时已经赞不绝口。再往下吃第三口就是细品其中的滋味了。一个饭馆的名称都起得如此贴切、讲究、饶有风趣，反观我们有一些公园或景点桥梁的取名很浅显，甚至变成数码的罗列，岂不乏味？

11
锦窠
12
食蔗居复原模型（2001 年摄于承德避暑山庄博物馆）

这说明从问名开始就已经是园林艺术的范畴了。如何取一个令人怦然心动、一问难忘的名称是值得下一番功夫推敲的。园名可长可短，词性、句型不拘一格，正所谓：嬉笑怒骂皆成文章。如苏州拙政园“与谁同坐轩”是一句问话，留园一水景名“活泼泼地”是一个副词。

园林中所蕴含的文学艺术不仅表现在问名。由于自然景物自身不能用有声的语言表达意境，往往要借助于额题、匾额、楹联和摩崖石刻等多种方式来表达。于是衍生出号称“园林三绝”的综合文化艺术：撰文的文法一绝，书写的书法一绝，镌刻的刀法一绝。这种综合手段创造的微观景物往往令人玩味无穷。

额题具有多方面的作用，既可“千锤打锣，一锤定音”体现出园林艺术的特色，又可作为无声的导游，给游人以提高欣赏水平的启示。额题往往是两字一句，精湛、扼要。颐和园东宫门的东面设置有一座精美的木牌坊以为入园的前奏。正面额题“涵虚”，背面额题“罨秀”，用以迎来送往（图 13）。首先，从第一层字面意思来看，让人知晓园中含蓄有大水面（即昆明湖），水有同镜之虚。究其功能而言，可作为西北郊农田水利设施以及京城用水的蓄水库，同时点出了昆明湖的水景特色。如果说“涵虚”是在自然水面的基础上加深和扩大，那么作为

13

“涵虚”“罨秀”

（朱强 / 摄）

主景的万寿山则是将自然的西山余脉捕捉到园中来。“罨”就是张网捕鱼的动作，引申为捕捉风景。“秀”为突出的事物，在此指山，即万寿山。从第一层意思中可以比较直观地了解到颐和园是一座自然山水园。要理解第二层意思，就要从表象升华到精神世界。封建皇帝高高在上，自称孤家、寡人，但是，君位庄严必须有贤臣相佐。周文王渭水河访姜尚，创下了明君访贤的范例。只有胸怀坦荡、虚怀若谷，才能做到礼贤下士。此外，水如虚镜，能客观反映事物的真伪，以水为镜可以及时省身。就君主而言，只有“涵虚”才能“罨秀”。在此，“罨秀”的深层意思就是招贤纳士，网罗突出的人才。

能够提升游人欣赏水平的额题很多，诸如苏州拙政园腰门里面的“左通”“右达”（图14），狮子林入口内的“读画”“听香”等（图15）。狮子林的额题，从一般的“观画”提升到“读画”，使人联想到苏东坡对王维诗画的那段著名评价：“观摩诘之画，画中有诗；味摩诘之诗，诗中有画。”可见，“读画”使画面有了丰富的内涵，较“观画”有所提升。以“听香”提升“闻香”或“嗅香”，妙处在于香分子必借风为传媒，风有声，故可听。这里道出了中国传统二十四花信循时令传播花信息的真谛。

楹联较之额题有更大的篇幅可以抒发胸臆。我去壶口瀑布

14
拙政园"左通""右达"（秦岩 / 摄）

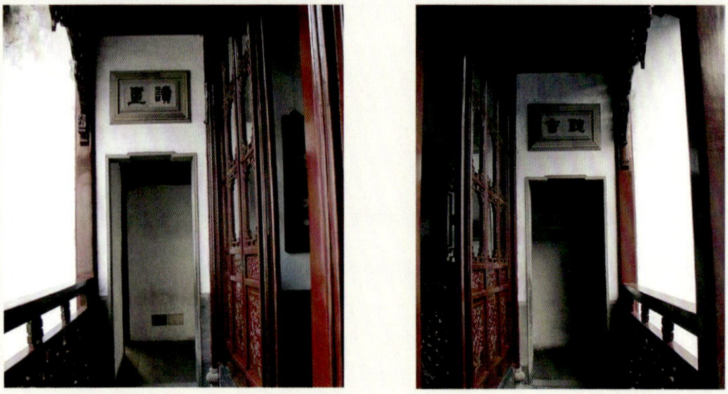

15
狮子林"读画""听香"（秦岩 / 摄）

观瞻时，路过山西省某县境内的一座小庙。寺庙不大，选在大山谷壑中突起的绝巘上建寺。山上有一片葱茏的丛林格外醒目，令人惊叹这人工保养之功。走上前，但见山门上悬挂一副引人注目的楹联，上联是："砍吾树木吾不语"。这是一句铺垫，我就纳闷：怎么会任人破坏树木而不言不语呢？再看下联吓了一跳："伤汝性命汝逃难"。谁不知禅林武功的厉害，难怪林木保养得如此丰美。这也是我仅见的以植物保护为内容的楹联，因此印象至深。扬州瘦西湖和其中的小金山皆借了别地名景之名，加之自身立地环境优越，创造了独具特色的风景园林艺术，成为中国园林艺术中“借鸡下蛋”的典范。这个特点被作者以楹联的形式表达了出来：“移来金山半点何惜乎小，借取西湖一角堪夸其瘦。”京口古城以三山依傍长江的美景著称，金、焦二山居于江上，北固山虎踞江岸，三山之上古刹环宇，林深水渺，是相互借景的极则。乾隆帝南巡时，曾留诗一首：长江好似砚池波，提起金焦当墨磨，铁塔（北固山铁塔）一支堪作笔，青天够写几行多？乾隆帝以一句问语点出三山名胜，将比兴、借代等文学化手法运用至极致，让天人之境、人文名胜相互交融，极富天人合一的韵味。可见，学而不仿，学中有创，才能创造风景的特色。

从来多古意，可以赋新诗。传统的问名、额题以及楹联等手法同样可以运用在今天的园林设计活动中。我在构思北京海关内庭园主景时，为了表明海关廉洁奉公、执法严明的立意，将其中一间半壁亭命名为“清风皓月亭”，两厢亭柱悬联曰：“一轮皓月秋毫明察锁钥固，两袖清风丹心可鉴社稷安”。又在承担国家体育总局龙潭湖居住小区中心绿地设计时，立意“睦邻”，作联曰：“无私报国苦为乐，有缘睦邻和是福”。这又是现代人活学传统，蕴生新意的佳例。园博会、花博会可用“人非过客，花是主人”“偕友无间，与花有约”的立意。

总之，问名在于言志、托物，在于点明主题。既要恰如其分，让人与天合，更要突出人的情趣。其中的夸张、比兴既是“寓教于景”和“诗礼教化”的需要，更是天然景物得以人格化的必然历程，此即问名之旨。

相地

四

相地　4.

相，即审察和思考。相地就是对用地进行观察和审度。

人们对于相面、相亲等事务大都耳熟能详，其实相地也一样，不过所相的对象和内容不同。相地的含义有两个方面：其一，主要是选择用地，所谓择址；其二，也是对用地基址进行全面勘查全面构思。选址之功有事半功倍之效，明地之宜和不宜，方能发挥地宜。

清帝康熙为了选定避暑山庄的地址，先后曾用数年时间，跑遍大半江山，最后才钦定在现河北省承德地区兴建。他对用地的认识是通过反复勘查，从感性直觉升华到理性判断得来的。最初只是因为常为头晕所扰，偶然来溜达一下。后来发现了可医治头晕等痼疾的热河泉，想来此地必是对养生有益之处。他曾说：“朕少时始患头晕，渐觉消瘦。至秋，塞外行围。蒙古地方，水土甚佳，精神日健。”此后，他又进一步遍考碑碣，亲访村老，终于获得了对用地比较深入全面的认识。避暑山庄的用地用现代语言来说就是生态环境优越、景观优美、山水壮丽，且多奇峰异石。地理上，距离政治中心的北京较近，当天可往返。由于海拔比北京高很多，因高得爽，六月无暑，中秋赏荷（此地物候慢于他处，中原中秋时节，荷花败落，但此处荷花正盛，故而中秋赏荷成山庄一大特色）。从康熙的一首诗中我们可以体味其对于相地的体会，以及对当时用地分析的高度概括。

芝径云堤

万几少暇出丹阙，乐水乐山好难歇。

避暑漠北土脉肥，访问村老寻石碣。

又说，“草木茂，绝蚊蝎，泉水佳，人少疾”，“热河，地既高朗，气亦清朗，无蒙雾霾风”。

关于避暑山庄的水质，乾隆曾给予很高评价。他说：“水以轻为贵。尝制银斗较之，玉泉水重一两。唯塞上伊逊水，尚可相埒。济南珍珠、扬子中泠，皆较重二三厘。惠山、虎跑、平山堂更重。轻于玉泉者，唯雪水及荷露云。”此处“雪水”即指木兰围场的雪水，“荷露”指避暑山庄荷叶上凝结的露水。

足见山庄水质优良。

如果单纯是生态环境的条件好也未必选作造园之址。山庄兼得山水之天然形胜，又具备风景优美的素质。揆叙等人在《恭注御制避暑山庄三十六景诗跋》中描述道：“自京师东北行，群峰回合，清流萦绕。至热河而形势融结，蔚然深秀。古称西北山川多雄奇，东南多幽曲，兹地兼美焉。”山庄造园的目的要达到“合内外之心，成固国之业”，反映清初“普天之下，莫非王土”的盛世，以及“四方朝揖，众象所归”“括天下之美，藏古今之奇”的帝王之心。

“形势融结”是最称帝王之心的。山庄居群山环拥之中，偎武烈河川流之湄，是一片山区中的“丫”形河谷，旁又崛起一片山林地。《尔雅·释山》说：“大山宫，小山霍。”宫，即有所环绕、包含之意。避暑山庄的山林地可谓宫中之霍：北有金山层岩叠翠；东有磬锤峰及诸山环带为屏；南有僧冠峰及诸峰交错合拥，仅留一谷口向南逶迤而去；西有广仁岭耸峙，阻挡西北风。武烈河自东北方向流入，经山庄东侧后南折。狮子沟自西而东横陈，与山庄北缘相邻。以上环境因素使这片山林地既有大山重重相围为天然屏障，而本身又具有“独立端严”之气魄。此外，环周诸山有拱揖、奔趋、朝拜之势，如从旁辅弼君王，也为日后布局成“众星拱月”之势的外八庙建筑群提

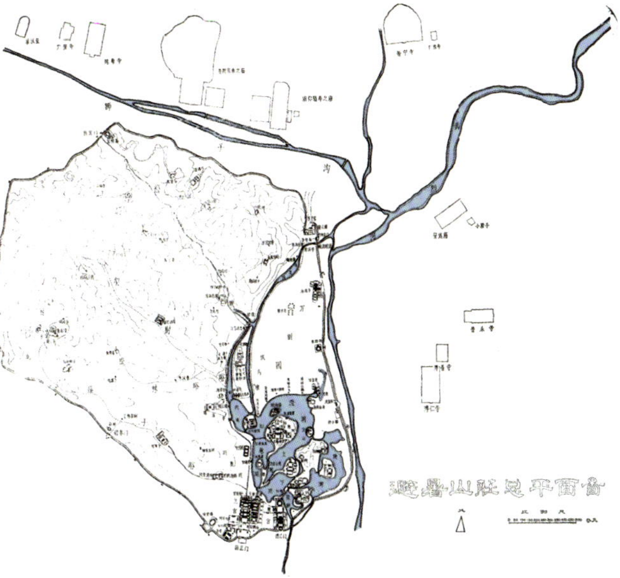

16
避暑山庄“众星拱月”的总体布局

供了优越的环境依托与启迪（图 16～图 22）。

“形势融结”的山水环境也是构成山庄具备避暑资源小气候的主要因素。山庄虽距北京不过 200 多公里，而植物的物候期比北京要晚约一个多月。其中最凉爽的首推“松云峡”。“万壑松风”自西北向东南递降，随之下滑流动的冷空气又给平原区和湖区起到降温作用（图 20）。在首受其益的“如意岛”布置

17

［清］冷枚《避暑山庄全景图》

（北京故宫博物院藏）

下寝宫——“无暑清凉”，西邻“金莲映日”，意味何其深远。因为金莲花只有在冷凉的气候中才能成活，足证山庄兴造过程中单体相地之精妙绝伦。

现场实地分析的另一个重要性在于得出一个重要估算：用地现状与建设目标之差，就是我们的设计内容。兴造园林的目的和用地实际现状是“因”，设计任务是借因成果。在设计任务书中，现场分析相当于设计手法的伏笔。不要简单罗列、堆砌用地的一般材料，而要将其视为设计先声的组成部分，着重分析有利和不利的条件。有了周密的现状分析，设计的凭借也就在其中了。

相地的重要性，最早是由计成大师在《园冶·兴造论》中提出的：“故凡造作，必先相地立基。”足见相地是广义建筑学具有普遍性的设计环节。他在《园冶·兴造论》中将相地的要领归结为：“妙于得体合宜。”即要做到“相地合宜，构园得体”。可见，他明确指出相地与设计成果间的必然联系。有宜就有不宜，因此“宜”是建立在对有利条件和不利条件综合分析基础之上的。“构园得体”犹如量体裁衣，必须合体才相宜。而兴造园林的关键就在于准确估量用地之异宜，设计出最适宜的构园之思，这样才能达到得体的艺术效果。体，既含宏观环境，也包括微观景象；得体，则偏重于

18

19

20

21

22

18
磬锤峰

19
蛤蟆石

20
罗汉山

21
僧冠峰

22
双塔山

23
“松云峡”自西北向东南递降，随之下滑流动的冷空气又对平原区和湖区起到降温作用

总体的设计思路。有如文学创作，本来是小品体裁的内容，却硬拉成一个长篇小说，自然不会得体。古人说：“人之本在地，地之本在宜。”

异宜，指用地环境间的差异。差异本是客观存在的，也是创造园林艺术特色的依据之一，所以设计者要根据客观条件从主观方面加以强调。用地之宜，可分为自然资源与人文资源两方面。就自然资源来讲，主要是天时地利，包括地带性气候特

征，如降雨量、风向、气温、日照以及形成这些大气候条件的地方地形、地势特征。在此基础上，园林创造出人工微地形的变化，借地形与植物种植改善出更宜于人的小气候条件，这是园林设计首先需要解决的问题。其中的重点是寻找出不利的生态条件。

相地一是要有积累，二是高度集中，在有限时间里要争取用地如在胸臆。现代科技手段和工具比古代进步多了，我辈在相地方面亦须有所发展。

借景

五

借景 5.

先研讨一下借景的含义，回忆大学时期，有老师说从园内借园外之景称为借景，如从颐和园借玉泉山的塔景等，当时有所不解，如园外无景可借又当如何，那就没有借景吗？可是，《园冶》有专篇论借景，并论证说："夫借景，林园之最要者也。"联系到前面所讲"巧于因借，精在体宜""相地合宜，构园得体""园有异宜""借景随机""借景无由，触情俱是"等理论看来，我还是没有找到借景的真谛，只把它作为平行于设计理法之一的理法，而不是现在视为传统设计理法的中心。其间处于不清状态有50余年，我有疑问先查《辞海》等辞书，得知古时"借"与"藉"同义，逐渐领悟借景并非借贷之借，而是凭借之借，一念之差失之千里。词义明确便迎刃而解，一通百通。颐和园借园外的玉泉山是借景中之“邻借”，是借景中的一类而并不是普遍性的借景，有如“白马非马”的道理。

首先，借景秉承了中国文学“比兴”手法的传统，也传承了中国文化“物我交融”“托物言志”等优秀传统观念。借景的理论由造园、造景等实践中来，并再三被实践证明是造园艺术的真理。这又从一个方面证明了中国园林与中国文化艺术一脉相承的特色所在。其次，借景主宰了中国园林设计的所有环节。虽然从序列来看分为明旨、立意、问名、相地、布局、理微和余韵等环节，但无一不是以借景贯穿始终的。

按《辞海》解释，比兴为传统文学创作中的两种手法。“比”是比喻，朱熹说：“以彼物比此物也。”“兴”是寄托，即托物言志，朱熹说：“先言他物，以引起所咏之词也。”魏时曹植在亲兄要杀他之际，按兄定走七步作一首诗的条件作了一首五言诗：

煮豆燃豆萁，豆在釜中泣。
本是同根生，相煎何太急？

他以豆荚与豆子的关系为比喻，引出兄弟关系，从而打动了他的兄长，免于一死，可见比兴手法之感染穿透力。借景是文学艺术的比兴手法在园林艺术中衍生的奇葩。借因造景、借因成景，其二元因素的根本代表就是物、我，也就是自然与人。借景的托物言志，体现在将自然的拟人化过程中。

借景作为统率园林全局的理法必然是很概括的，只能表达言简意赅的内容，计成最终归纳出借景的诀窍在于“巧于因借，精在体宜”。计成有一位朋友的弟弟叫郑元勋，在其所作《园冶·题词》中提到：“园有异宜，无成法，不可得而传也。”又说道：“此人之有异宜。”因此可以把园林中的“巧于因借”具体落实到人与地之“异宜”。指巧于因地制宜地借景，精在体验和体现园之异宜。借景凭借的是用地在自然资源和历史人文资源方面的优势，精深之处在于体现出该用地的地宜。“借景随机”指要慧眼识地宜，而且要随机应变地抓住地宜中的因，觅因成果。事物都有因果关系，设计成果要从“因”找起，找出“因”来凭借成“果”。因此，借景首先强调的就是对用地环境的认识、评价和利用，避其不宜，借其有宜。中国造园所谓“景以境出”“景因境成”都可视为借景的同义语。

人杰地灵的杭州西湖借湖在城西而名，又借苏东坡诗句“欲把西湖比西子，淡妆浓抹总相宜”而更肯定了这一名称，湖借西子而拟人化了，西湖原为海水退出后形成的潟湖，又得武林水东流而得淡水。不但据“三面湖山一面城”之胜，而且山水兼得三远，且比例恰如人意，因而成为古代的公共游览地（图 **24**）。但全凭朴素的自然还不足以形成今日“谁能识其全”的天人交融的风景名胜区，它是历代先贤借疏浚造山水景，近千年逐渐累积而成的。可以说，没有人工治理，西湖就不会有今天。孤山为西湖北山余脉，自湖中上升为绝巘，形势融结而孤立在湖中。唐代便利用浚湖土兴修白堤，使山与西湖东岸连为一体。西以西泠桥贯通东西，同时化整为零，划分出里西湖和外西湖的山水空间。这就有了层次，并形成“断桥残雪”。

24
西湖胜景

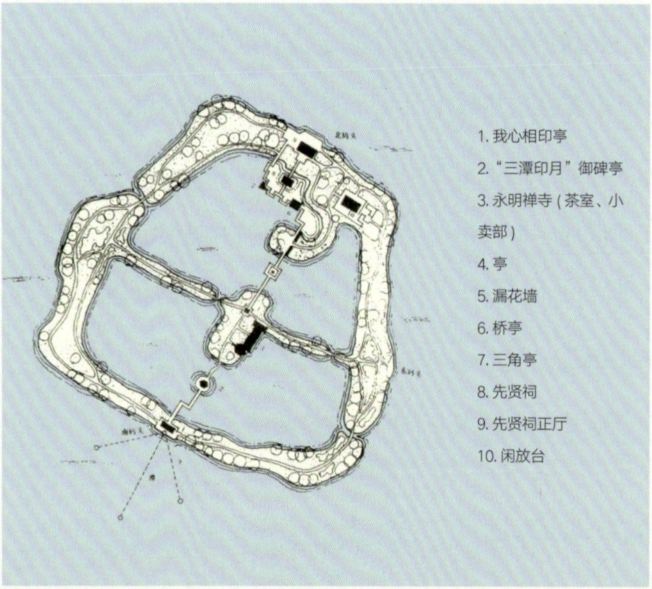

25

25
三潭印月平面图

26
三潭印月
（陈云文／摄）

25

宋代苏轼借沟通南北交通兴建了苏堤，成为“苏堤春晓”。苏堤设六桥为使西来之水畅通并分隔西里湖。宋代还用清淤的湖泥堆出主岛“小瀛洲”，主岛体量大而疏浚的湖泥不足，岛内做田字形堤垄，形成“湖中有岛，岛中有湖”的山水格局和复层水面。为了防止葑草在淤泥处蔓生，以石灯塔三点控制一片水域的水深，又创造了“三潭印月”之景（图 **25**、图 **26**）。宋明之际，用浚湖泥堆了辅弼主岛的客岛“湖心亭”；清代用湖泥堆了“配岛”，借纪念阮公和圆墩状岛形，称岛为“阮公墩”；新中国成立以后也浚湖，但是以“吹泥”的施工方法兴建了太子湾公园（图 **27**）。这是明智之举，绝不能再堆新岛而画蛇添足了，纵观西湖之建设，自唐、宋、元、明、清至今，千年来世

27
太子湾公园平面图

1. 主入口
2. 悠然亭
3. 放怀亭
4. 小木屋
5. 竹楼
6. 西湖引水纪念亭
7. 次入口
8. 观瀑亭
9. 九曜楼餐厅
10. 凝碧庄
11. 颐乐园
12. 天缘台
13. 听涛居
14. 厕所

28

29

28

飞来峰

29

天然石灰洞群

代接力合作同一篇山水文章，共同之处都是借宜成景。

西湖是举世闻名的风景名胜区，其中我更偏爱灵隐和西泠印社。

灵隐论其地宜，主要特点是地处武林山后北高峰下，水态清灵而地势幽隐，山和水都具有特殊的性格。“武林山，武林水所出”，盖古杭州淡水的发源地，流向自西而东。其山原名天竺山，表层砂岩业已风化，裸露的石表系石灰岩构成，因此与周围表层尚为砂岩的岩石地貌形象迥异。这本是自然的地理现象，但被灵隐寺开山鼻祖印度名僧慧理法师利用为问名之由，戏谓此山自天竺（即印度）飞来，故名“飞来峰”（图 28）。由于借景于地宜十分巧妙、贴切，加之山中多由石灰岩地貌形成的奇峰、怪洞、异石，以及次生杂木为主的林木，营造出佛界精灵出隐其间，来去无踪的氛围，声名从此大振。

灵隐最吸引人的是飞来峰山麓的天然石灰洞群，洞穴潜藏，洞洞相通，因借成景，堪称鬼斧神工（图 29）。在裸露的石灰岩上施以人工造像也是因地制宜，随石成像。历经年久，弥显光洁圆熟，尊尊耐人寻味。其中给人印象最深的当数弥勒佛的石造像，袒胸腆肚，满面慈爱，笑口憨真，加之题在附近寓教于乐的楹联写照，令人读罢忍俊不禁：“大腹能容，容天下难容之事；佛颜常笑，笑世间可笑之人”。（图 30）印度佛教诸尊之

30

中本无大肚弥勒，据说是佛教传来东土中国后，为纪念一位善良乐观的炊事僧人而创造的形象，饶具中国特色。灵隐的溶洞群虽然是自然的，但在作为风景区开辟时显然是有人意相辅弼的。山洞主次分明、大小相间、明暗相衔。“龙泓洞”，洞壁两厢随势凿就十六尊罗汉像（图 **31**、图 **32**）。洞内有“一线天”景观，形似“蛟龙吐泓”（图 **33**）。“玉乳洞”，得名于洞中洁白如玉的钟乳石，并可与“射旭洞”暗中相连，婉转通明。“青林洞”与“龙泓洞”“玉乳洞”均有暗洞相通，洞口岩扉深杳，洞内清寒侵肌、无暑清凉。冷泉山涧、飞来峰、摩崖石刻、怪石嶙峋、砥柱中流的“枕流”石，再伴以玄机四伏的灵隐古

30
弥勒佛
31
龙泓洞口雕像
32
龙泓洞内雕像
33
一线天

31

32

33

34

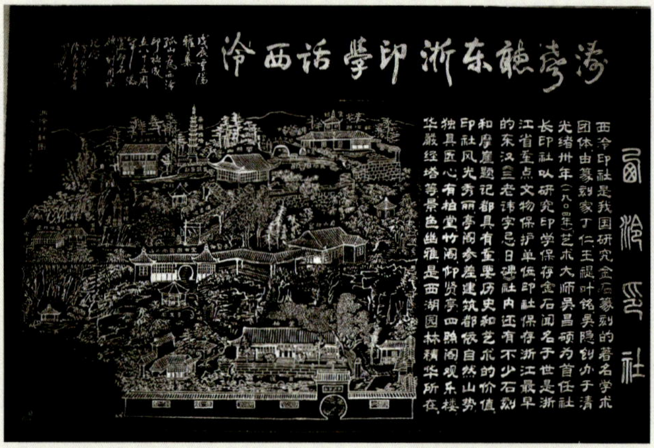

35

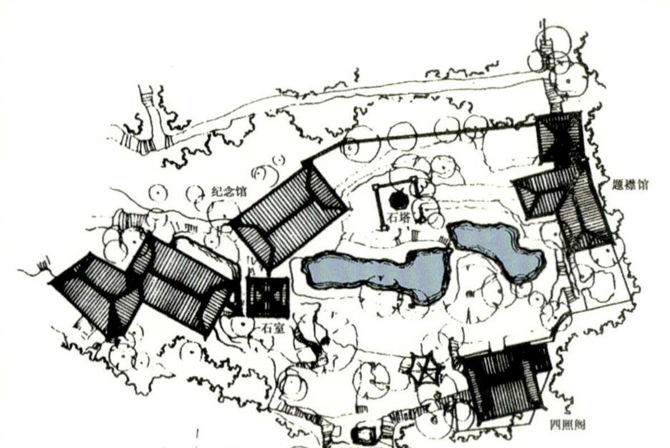

34

西泠印社全景图

35

西泠印社平面图

刹，构成了蕴含多元素的灵隐风景名胜区。

西泠印社是中国台地造园的经典之作。中国金石印学博大精深，而西泠印社为清末民初兴起的研究篆刻艺术的学术团体（图 34）。此景点占地虽不过 5 亩有余，由于地近沟通内外湖的西泠桥，具有清旷清逸的地宜，同时又可心可人，因山构室而得永恒的佳趣。兴造时由于有大量文人的参与，可谓得天独厚又匠心独运，形成性格鲜明、景色独特的人工造园。不仅书卷气十足，而且俯仰之处皆具有金石的风韵。孤山西南麓原建有“柏堂”及“数峰阁”，今已不存。柏堂之处，昔日印社同人每集会于此探讨印学，成为印社肇始开创之地。后逐渐形成隶属浙派的“西泠八家”，将其精品拓印成谱，供后人研习。1905 年在“数峰阁”西建“仰闲亭”，并镌刻印人先贤吴昌硕石像嵌于壁上以表敬仰。

西泠印社依山而起，大致可分为山麓、山腰、山顶三层台地以及后山四大景区（图 35）。山麓南向辟园洞门与西湖景色相互渗透，可纳湖中岛景。西亦辟便门与纪念欧阳修的“六一泉”为邻。山麓于“柏堂”南就低凿池一方，其东构筑水渠导山水入池。“柏堂”东西各添置了廊宇，与邻舍屋面交线颇有印章“破边角”处理的韵味。穿过以“柏堂”为主体的山麓庭院，便有古拙简朴的石牌坊于西面山口磴道处，将游人承转到山腰。牌坊有联曰："石藏东汉名三老，社结西泠纪廿年"。(图 36) 其意不言自明。山腰建筑沿等高线依山形递进，屋宇体量虽不大，却与山肌熨帖有致、互生相安。缘路而上，当道作为对景的是"山川雨露图书室"，东有"仰贤亭"。此处原有"石交亭"、"宝印山房"、印社藏书处"福连精舍"等建筑，现多不存。穿"仰贤亭"西门洞而过，即可见对景"印泉"(图 37)。杭州地处江南腹地，潮润多雨，林木阴翳，尤其春夏苦湿闷，因而线装书和宣纸都须防潮。将高处分散四流的水汇集成池，可以很好地起到收敛湿气的作用。水既有源便可称泉。西泠印社开辟了多处泉池：山腰有"印泉"，山顶辟"文泉""闲泉"(图 38，由西而下还有"潜泉"，图 39)。这些泉池尺寸、形态各异，分布高下，

36
上山入口楹联

37
印泉

38
闲泉（孟凡玉 / 摄）

開宗
辛酉秋

39
潜泉(孟凡玉/摄)

各适其境，皆配有镌刻和铭文。值得一提的是泉池多为凿石而成，刀法饶有金石味。其中“小龙泓洞”(图 40)假山群，都是人工雕凿出来的，所展现的大手笔刀法古朴浑拙，自立假山造

40
小龙泓洞颇有金石意（孟凡玉 / 摄）

景一派新风。1922 年有浙人从上海将流传海外的“东汉三老忌日碑”捐资购回，建石室永藏印社，并以此为联：“印传东汉，社结西泠”。（图 **41**、图 **42**）山顶除石室外还建有一塔、一阁、一馆、一楼，多占周边地，各得其所、随遇而安。精瘦小巧的“华严经石塔”（图 **43**）为标志性主景，面临文、闲二泉，文泉石壁上镌刻有“西泠印社”四字，引人注目（图 **44**）。“四照阁”与“凉堂”构成下堂上阁的建筑结构。“四照阁”的楹联诠释了其得景成韵的借景手法：“合内湖外湖风景奇观都归一览，萃东浙西浙人文秀气独有千秋”。（图 **45**）现此联有时移至“吴昌硕纪念室”。循洞北出东折，即可达“题襟馆”（图 **46**）北端，此地高踞分水岭，势若关隘。顺北坡直下，至石牌坊便可出社。

41

42

41

汉三老石室底层

据岩铭刻

42

汉三老石室

挂岩架柱

43

华严经石塔

（齐羚／摄）

44

45

46

47

48

44
西泠印社石刻
（孟凡玉 / 摄）

45
四照阁

46
题襟馆
（孟凡玉 / 摄）

47
西泠印社北出入口

48
苏州虎丘“剑池”
（孟凡玉 / 摄）

而回首望去，西泠印社据巅而立，上层挂崖架柱，底层据岩铭刻，方寸之间，气象万千，不正是金石学的精髓所现吗？印社北门如城堞高挑，有联曰："高风振千古，印学话西泠"。此处为造园"起承转合"章法之"合"（图47）。

苏州名胜虎丘，为原水下岛屿随地壳运动上升而成，多石少土，植物生长困难。因吴王治冢相中此地，于是疏水推土使山形有若伏虎状，故名"虎丘"。后有人慕吴王生前拥有名剑，遂开山破石以寻宝觅剑。剑未曾寻到反而利用开掘出的石坑蓄水为池，取名"剑池"（图48、图49），将开裂石隙的岩石称

49 "剑池"
（孟凡玉 / 摄）

50

51

52

50
试剑石
（孟凡玉 / 摄）

51
绍兴东湖
（王欣 / 摄）

52
绍兴东湖“柯岩”
（王欣 / 摄）

为“试剑石”（图50），不仅巧妙，也算是化不利为有利，变废为宝了。由此可见这些风景名胜区的景点都是从借景而来的，可以说无借不成景。

绍兴东湖和柯岩都是古代的采石场，古人借采石材剩下的空间创建自然山水的风景名胜区（图51）。而今采石多是破坏自然环境的，狂轰滥炸，留下一片狼藉。两相对比，反差之大令人深省。“研今必习古，无古不成今”，古代土石方工程已有局部保留原地面以计算工程量的做法。柯岩（图52）在隋唐采石时将保留的石柱用艺术加工为天人合一的独立石峰，硕长高大、节理嶙峋、步移景异。时而上小下大沉稳自持，时而上大下小（高约28米，底最狭仅80厘米）飞舞入云而重心稳定。玉峰貌险神夷，峰顶古木参天，顶上小塔矗立，石脉横竖交融、上横下竖。借石乃山骨、孤峰凌空之因，清光绪二年，竖刻“云骨”（图53、图54）而成为名副其实的“一炷烛天”（图55），大尺度影壁，屋盖跌落有序，石栏水池相映于前，墙面大字引人注目——“一炷烛天”，意谓云骨若一炷天烛照亮世界。又含“削峻剑阜磐石烛”之意，愿江山永固之吉祥象征也。其相邻之石却加工成石窑，壁龛中雕大佛像供人瞻仰，水平山池中二石峰相得益彰。绍兴东湖两水夹长堤，自隋采石，采出五分之四，从山上放线往下采，大块面开采有若大手笔的雕塑，经陶

53

54

55

56

53

绍兴东湖“云骨”

54

云骨说明

55

一炷烛天

56

绍兴东湖仙桃洞

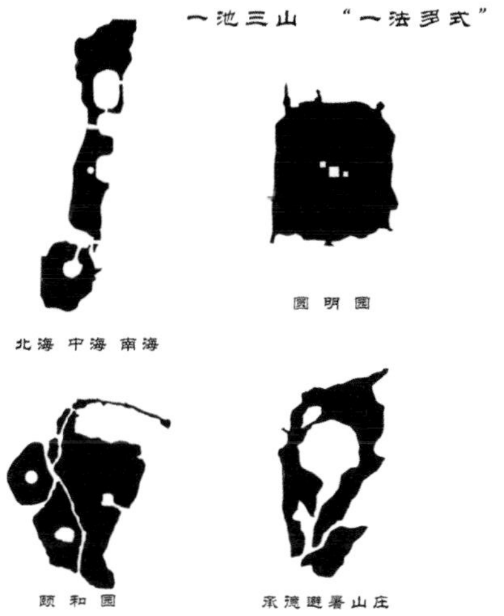

57
一池三山的
“一法多式”

渊明后嗣经营，留有仙桃洞，联曰：“洞五百尺不见底，桃三千年一开花”。（图 **56**）不仅科学，而且浪漫。

城市园林无论私家宅院或皇家宫苑也都由借景而来，皇家园林中“普天之下，莫非王土”和“一池三山”的仙境追求，也都是从“巧于因借”而来的。圆明园原址“丹棱沜”是有零星水面的沼泽地，故疏通合并一些水面，形成水岛组合的自然山水空间。因这种地宜就用“九州清晏”来反映王土安宁，以“相去方丈”的福海把仙岛放在福海的中央。而承德避暑山庄五分之四的面积是山区，便以山区、草原区、水乡区来反映王土。仙岛从“芝径云堤”衍生出状若灵芝的三仙岛。北京北海和中南海由旧河床改建而成，是“长河如绳”的水形，故三仙岛分布成带状（图 **57**）。

“借景随机”是借景的要理，可是“机”是机会、机遇，概括且笼统，难以琢磨透彻。机不仅指时间，也含空间，具有特殊性。比如成都那间名为“口吅品”的餐馆，就是因借随机，作为餐馆名这是下了功夫的，名字响亮，吸引力强，可以印证“名不正则言不顺，言不顺则事不成”。

58
四川崇庆“罨画池”云墙

上海“古猗园”有一亭，设计者有意将亭东北方向的翼角去掉，以表达对日本军国主义列强占我东北三省，祖国痛失东北隅深切悲痛的爱国主义情感。四川崇庆“罨画池”，用两边的云墙相卷，扣合而成“山重水复疑无路，柳暗花明又一村”之奇想（图58）。

以山石而论，并非一定是太湖石的“透、漏、皱、瘦、丑”才能入流。石秀天成，但并非是石皆美。天然之美还要结合人的审美观，这又归于天人合一了。所论为湖石之美，人以体形高挑、颀长、瘦劲为美；反之，矮胖、臃肿则不美。古有“人比黄花瘦”之喻，今有追求骨感瘦美。湖石成岩因受碳酸溶融而出现透、漏等鬼斧神工的自然美，这与人追求空灵之美是吻合的，但对山石特有之机，一般就较难认识了。古杭州有人选用芦笛构造的钟乳石，利用其鼓风作响的天然管乐效果，置石于山上逆风处，令山石闻风奏音，并问其名曰“天籁”，名实相符。

曾见西安清真寺有一石置于屋檐之下，既无可取之轮廓外形，也谈不上什么质地和色泽。石呈竖高，满身乳状突起而带灰白色，犹如被蚊子咬得满身包，看似老玉米又不整齐，又像是受寒风所侵浑身起的鸡皮疙瘩。何美之有？借景因何？这只是说明自己一时没看出石之所宜。原来，每逢大雨倾盆，雨水沿屋檐滴洒而下，水流自上而下从石头乳状突起的沟纹间穿流而过。由于视觉上相对运动的错觉，山石上的乳状突起物像一群小白鼠往上蹿跃，蹦蹦跳跳，川流不息，直至雨霁方休。这就形成了所谓“银鼠竞攀”的罕见动态奇景，一块满身是包的石头顿时显灵，令人叫绝，足见置石之人捕捉机遇之功力了（图59）。

59
西安清真寺屋檐下的山石“银鼠竞攀”

计成说：“物情所逗，目寄心期。……借景无由，触情俱是。”目寄心期的统一必然动之以情。“借景无由，触情俱是”说明借景理法不奏效于主观臆想，而唯一成功之路是主客观的统一，触动游人的情感。只要能让游人动情赏心，那都是借景。这是借景理法唯一的标准。游人之心何以为景所触动呢？《园冶》告诉你“物情所逗，目寄心期”。用“借景无由，触情俱是”来规范借景成功与否是很重要的，常见不少园林作品以很简单或不符合风景园林艺术特色的手法来表达欲表现的意图，但不能令游人为之动心，这就是失败的。广州白天鹅宾馆的室内山水借广州为国家边陲之境的地宜，刻了“故乡水”，我非侨胞看见了都为之感动，那么真是久别故土的同胞一见这三个字，岂不激起久别重逢之情，一语牵动千头万绪的思乡情（图 **60**）。

60
广州白天鹅宾馆中庭山水“故乡水”

扬州的个园以置石和掇山著称。清代李渔说“有此君不可无此丈”，说明竹与石不可分。“竹”字按篆书写法由两个“个”字组成，而按国画画法竹叶如同“个”字，故取名“个园”。个园造景中最值得大书特书的是以山石塑造四季景色，被誉为“四季假山”，在全国也是孤例。从自然资源的角度来看，主要凭借山石形体、色泽和质感等特性因材而用；从人文资源的角度分析，主要基于各代名人以四时为题材的诗咏。这样做的好处在于文人对于四时的诗咏都是以人之常情为依据的，借用到园林艺术中能够让游人心领神会，易于发挥借景的效果。同时，文学艺术在园林艺术中由于表现形式、使用素材的变化，艺术性得到突破，产生出人意料的效果。

中国地处欧亚大陆的东部，四季冷暖干湿分明。中国文化将对四时的认识概括为：春生，夏长，秋收，冬藏。

春季是植物萌生的季节，画家石涛在《四时论》中的描述是："春如莎草发，长共云水连。"即春天野草相继破土而出，由于地面空旷，视野开阔，目及云水相连的地平线。江南人熟知的"春生"的典型形象是"雨后春笋"。春季里雨后竹笋生长极快，例如毛竹一夜能蹿起一米多高，夜深人静时甚至可以听见生长拔节的声音，这便是园林艺术因借的生活依据。但现实生活中竹笋不可能呈凝固状长存，以供人欣赏。设计者很巧妙地想到山石材料中有一种"石笋"，由于外形像笋而得名。于是首先使用低花台将一片竹林托起，在竹林间有疏有密、高低参差地矗放数株石笋，一幅不着笔墨的"春山图"宛然而现（图 61）。

石涛将夏季描写为："夏地树长荫，水边风最凉。"由此可以确定夏山凭借的主要造景因子是云、水和林荫。园林艺术中山石别名"云根"，有诗云："置石看云起，移石动云根。"说明掇山叠石可参考云形的变化。石品中的太湖石既有云态，又洁白如夏积云，因此个园夏景掇山的石料选用了白色的太湖石。为表现有山有水的景致，山形取负阴抱阳之势，将形如夏云之

61

62

61
个园春山
62
个园夏山

山置于园的西北隅，湖石山之南掘水池，这样从入门后的视点观赏，恰好可以体味春诗末句“长共云水连”的意境。池山之间有曲折石板桥紧贴水面联系沟通，迂回婉转引入洞口，再循洞而上可登山顶。同时这个爬山洞可产生烟囱般的抽风作用，水面带有荷香的凉风便自然地由洞道一直抽拔到山顶小亭石桌之下。即使酷暑时节，人坐亭中仍可享受到凉风习习、荷香薰衣的美意，加之山下浓荫乔木覆盖所形成的亭山的背景，不是正合“夏地树长荫，水边风最凉”的诗意吗？所以，意境虽然有时看起来玄妙无比，只可意会，不可言传，但如果设计者和欣赏者同时具有深厚的文化底蕴，就可以通过对作品的欣赏而产生共鸣，以达到赏心悦目的艺术境界（图 **62**）。

秋山按石涛的描写为：“寒城宜以眺，平楚正苍然。”人皆知秋天是收获的季节、金色的季节，因而色彩上应以黄色为主。秋高气爽，万里无云，天朗而空气明净，因而中国人有“九九登高”的习俗。设计者集合这些因素将秋山定型为：色彩金黄、山高宜于攀眺、气质明净清朗。进一步将逻辑思维转化为形象思维，石材选用黄石，布局上将秋山定位为全园的制高点，不仅在高度上制胜，而且在掇山单元组合方面沛然出奇，令人叹服。从结构而言，取下洞上亭之式；洞叠三层，亭呈曲尺形，远观则有挺拔凌空之势，近赏则因视距小而效果更突出。

63

个园秋山

其西侧奇谷盘旋、飞梁横空，甚是险绝。而南侧扩谷为壑，壑间石岗起伏。洞分三层，自下而上，收凑结顶。首层相对宽绰，石门石榻，若有仙迹。山洞内外景色迥异。由外观内，则层次深远，由明窥暗，莫知几许；由内观外，洞口框景由暗渐明，对比强烈。山洞盘旋而上，至亭处，全园尽收眼底。黄石颜色由浅至深，与石缝间地锦叶的秋黄以及乔木的沧桑秋色融为一体，令游人赏心悦目，深切体验到“秋山明净而如妆”的意境（图**63**、图**64**）。

秋山与冬山相衔于园的东南隅。园墙以内、门东建筑以南，仅一窄带之地，却布置得独具匠心。隆冬季节在人们的心目中是北风呼啸、滴水成冰、大雪封山，而蜡梅飘香，傲雪凌霜，独有花枝俏。借此情理，设计者选用了安徽宣城所出产的宣石，上白下灰，恰如皑雪覆盖石顶，且终年不化。借南邻园墙做成山石花台，其中散植蜡梅，点缀出冬意。石涛论四时的冬景时说道：“路渺笔先到，池寒墨更寒。”冬山北邻水池颇

64
秋山由洞内向外观

65

66

65

个园冬山

（孟凡玉 / 摄）

66

个园冬山望春山

有画意，而最值得赞扬的是借墙造景：利用南墙面高处开凿了多处圆孔形透窗，穿堂风所到之处呼啸作响，不仅从视觉上渲染冬山，而且利用听觉效果的感染完善对冬山的塑造。更有意思的是冬山与春山东西相隔的一段小墙，以透窗沟通冬与春的景致，让人感受到四季循环往复，周而复始，冬去春来，气象更新的轮回：框景中翠竹数秆，竹下依旧是石笋嶙峋，入园时的初情油然而生（图 65、图 66）。

借景的最高境界应达到阮大铖在《园冶·冶叙》中提到的“臆绝灵奇”。前两字是构想的境界，后两字是效果的境界。《园冶注释》对“臆绝”的解释为：“臆通意，绝与极通。含有性格非常之意。”不无道理。但我更侧重于“臆”是指冥思苦想以致精神虚幻，以求不同于人。所谓异想天开，就是想到了似乎有一些病态的地步。臆病指因思考过度所引起的精神分裂症。据说古人练习书法不仅在纸上书写，饮茶时蘸茶水在桌面书写；临睡前用手指顶在被窝上练字；走路时把手揣在衣兜里晃来晃去。不理解的旁观者看了怀疑有疯病。其实他的精神很正常，而是陷入了深度创作思维的状态。“臆绝”就是思考到如醉如痴的绝处境界，为一般人所不能理解的境界，从而得到绝处逢生的艺术效果，令人感到灵犀生奇。能够达到这种境界的借景作品虽有但不多，很值得我们从中汲

67

斩云剑

68

泰山普照寺

“长松筛月”

69

泰山普照寺筛月亭

67

69

68

取其高超的手法。

泰山位居五岳之首，因“一览众山小”的高大气势而声名远扬。泰山地处近海，自东南海面吹来的暖湿气团遇山而升高，随着高度的变化而降温。暖湿气团的温度降到一定程度达到雨线的位置便会凝结为雨水。这本是自然现象，而有识之士借此将雨线附近矗立的山石命名为“斩云剑”，意谓：云雾至此被山石斩云为雨，巧妙地将自然拟人化（图67）。20世纪60年代在泰山山麓唐代普照寺大雄宝殿后发现布局破格。原来有一株古油松昂然挺立，由于寺内养护精细，形体颀长高大、枝密叶茂、苍古虬曲。每值皓月当空，月光被浓密的枝叶分隔为无数放射形的光束洒满地面，煞是好看（图68、图69）。大家都有感于自然美之博大永恒。仅止于此，还并未发掘出它的潜在美即创造以社会美融入自然美的风景园林艺术美。有道是“玉不琢不成器”，何况中国文化传统可以赋自然美景以人意。巧取名目就可使自然之美升华到艺术美而不需丝毫地更动自然景物。例如黄山以云、松、石著称，借石为猴、借云为海便创造了“猴子观海”的景点（图70）。对自然无为只是赋予了人意，这就是天人合一。大自然是我们的老师，有取之不尽、用之不竭的自然风景资源，却并无人意。只有从这一点上来说可以“夺天工”，实际上是夺天工之无人意。在此，设计者以“长松筛月”名景

70
“猴子观海”

并把“筛月”镌刻于松下之石。关键的一个字“筛”，一石激起千层浪，这一下便满足了中国人“赏心悦目”的审美要求。绝也有绝的道理，电影艺术家谢添总结电影艺术的理论具有普遍的指导意义。他说要在“情理之中，意料之外”。首先要符合情理，不符合情理就不科学、不客观，人们不会信服。但仅仅在情理之中，只有科学性，没有艺术性那是不够的，还要在意料之外。这是创造“绝”的主要方面。筛子过筛是人人皆知的情理，而过筛的是月光，则出人意料。引用的比喻这么熨帖，这么突破出格，而具有对心灵的撞击力。于是，进一步发挥，后人又在古松之侧设置了一座正方攒尖的“筛月亭”，四柱无墙，翼角高高翘起，每边都有对联与环境联系。其中正面的一副对联曰：“高举两椽为得月，不安四壁怕遮山”。把为何在此安亭，亭的立面构图为什么高举椽起翘都交代得很清楚，把凭借什么造景、借景的道理都表现出来了。可惜我到了21世纪再访时，长松已经倒伏在地面上，生长仍旺，借景的道理却长存流芳。山门外路旁尚存一石，上刻“三笑石”，相传古时有三老交流长寿秘诀留下的风韵。第一位老者讲：“少吃一口。”第二位说：“吃后走走。”第三位说：“我的媳妇长得丑。”大家呵呵大笑而留下此石。老年保健常识于笑中流传，寓教于景。

福建武夷山作为道教的圣地以仙山著称。在现实生活中创造出令人动情的仙意也是很高雅的。借景者凭借连绵起伏、峭壁摩天、云缠雾绕、孤峙无依的石峰挖掘和渲染了一些仙意。首先，从人流集中的主干道分出小山道将游人引入谷壑之中，使之与现实生活环境产生空间隔离。入山口处有半扇石门镶嵌在石壁之中，循石阶过石门辗转而上，可见有一座小庙安置在低矮的山顶上。山旁壁立千仞，高耸入云，且陡峭得几乎与地面垂直。站在山脚下仰面而望，见壁顶与白云齐飞，青山共蓝天一色，迷蒙之中可窥见一摩崖石刻曰：“仙凡界。”（图71）看样子除非羽化成仙，不然真是“难于上青天”。好在发现峭壁上凿有可容半足的石磴坑权作天梯，时值壮年的我踩坑攀缘而

71

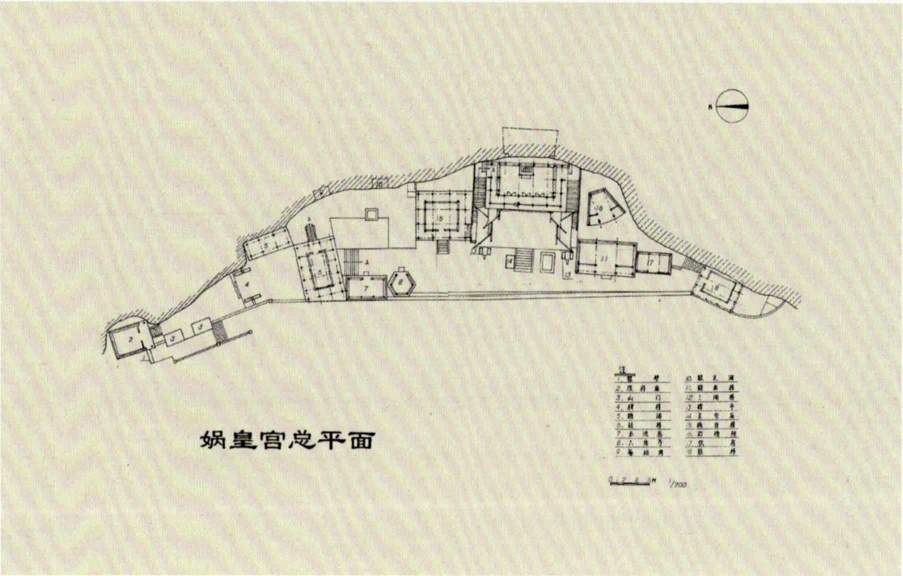

72

上，发现上面别有洞天：但见一峰高踞，下有曲岭横陈，名曰“飞龙岭”。尽端山势骤断，形成山崖，隔崖约两米远却有另一石峰拔地而起，高可数十米，其势孤峙无依，横空耸立。于是设计者以飞石为梁与之相连。石峰上安置一尺度小而精致的亭子，额曰“仙弈亭”。至此就令人更感到有一点儿仙意了。亭若凭空而起的空中楼阁，四下云遮雾罩，弈者能够在这渺无人烟之地专注于黑白世界，珠玑必争，不是掌握了腾云驾雾之术的仙人又是何人呢？

以上列举了各地借景的佳作，还有一座古庙给我们的启示不得不提及。这是在北齐时兴建的一座娲皇宫，俗称“娘娘庙”，是用以供奉女娲的，在相地、布局和理微方面都体现了“巧于因借，精在体宜”的要理（图72）。

女娲按《山海经》的描写：“炼五色石以补苍天，积芦灰以止淫水。”补天之神理应居高绝之境。此庙位于河北省邯郸市附近的涉县境内，太行古岳在此盘桓逶迤，山间有漳水穿流。由于地当河北、河南、山东相交之处，邻近古代交通要冲，却又隐居山林险绝之境，山名曰“中皇山”。

山体在唐朝时就有局部开发，借高山绝壁开凿了两座小型石窟，窟内现仍保存有石佛。然而，用尽地宜特殊效果的当推娲皇宫（图73）。

71
武夷山仙凡界
72
娲皇宫平面图

73

娲皇宫全景鸟瞰

如平面图所示，上层的庙宇比山下的所在山麓地面平地拔起约 180 米，以山道回转盘旋而上。中皇山顶第一层有自然生长的树木，参差有致地勾勒出天际线。“娲皇宫”选用了第二层台地。由于以取山势险绝为主，不惜采用坐东朝西的反常规方位。用地南北长度约为 180 米，东西向最宽处 18 米，最窄处仅 3 ~ 4 米，呈狭长的枣核形。为了取得凌空奇绝的形胜，不惜将方位和其他因素置于次要地位。早年京剧梨园界走江湖的有一句行话：“一招鲜，吃遍天。”异曲同工地说明了设计者“独立端严，次相辅弼”，即先主后宾的设计理念。作为庙宇建筑，在此它不可能按照“伽蓝七堂”的程式布置，即山门、钟楼、鼓楼、金刚殿、大雄宝殿和东、西配殿，却于穷困之境因山构室，独辟蹊径，以至取得出奇制胜的艺术效果。山门（图 74）起于北端悬崖之下，为小型砖木结构，小而精巧，仅 1 米多宽、2 米多高的砖雕影壁居山门外北端。一方面正对上山盘道，二来将向西、有居高俯望之利的一面作为扶手栏杆，可凭栏远眺。进山门后左侧为山岩下数平方米的隙地，安置有面南的“貔貅庙”，供奉传说中使人类减免瘟疫病灾的山神。入山门右转，但见“娲皇古迹”木牌坊以及矗立于其后、势若城楼的鼓楼（图 75）。鼓楼与进香道立体交叉，使道穿鼓楼下而过后上台阶即抵达主层地面（图 76）。鼓楼前空间不大，北侧东向有

74

75

76

77

嵌入岩壁的屋盖挑出，以保护其中的摩崖石刻。再往北则见“古中皇山”的镌刻。庙的主体建筑坐落在进深最大的中部，为三层结构的“清虚阁”（图 77）。由于供奉的是女神，阁北有梳妆台以石拱旱桥相连。阁前有小型神庙以及石碑相佐，以小衬大，更显高阁气贯长虹。阁采取传统“高台明堂”的做法，石台两旁皆有石阶从室外接通阁的第二层。从结构方面分析，高厚的石台和两边包夹的石台，使处于危地的高阁的稳定性增加。阁靠山一面的后壁有铁链与岩壁连接。据说阁中人流量大时，可将铁链绷直（图 78）。实际上阁靠自身重心稳定，铁链只是一种夸张险象的手法，有惊无险。最南端的钟楼依山而立，若自山岩迸出。钟楼尺度也因地制宜，比鼓楼略小。然而，在山下自西东望，仍然是阁居中，而钟、鼓楼对称地布置在两厢。纵观其总体布局，成功之诀在于既有宏观的总体效果，又善于利用开山门转变游览进深的方向，充分利用了高山台地南北狭长的优势，而避开了东西狭窄的弊病，可视为巧于因借地形地势的佳例。

说“臆绝灵奇”是借景的最高境界，说明这种水平的作品不是很多，但确实有，也不是个别的，值得深入研究和永续发展。重点在如何依据用地定性的造景目的和独特的地宜借景，如何把塑造的意境化为景物和景象。

74
娲皇宫山门
（王欣 / 摄）

75
“娲皇古迹”木牌坊
（王欣 / 摄）

76
鼓楼与进香道立体交叉
（王欣 / 摄）

77
庙的主体建筑“清虚阁”
（王欣 / 摄）

杭州西湖边的岳坟给我很大的启示。中国式墓园的做法独特、优秀。墓园轴线与岳庙主轴线正交而展。岳坟是以山为轴的。入口是高墙开南北二门，二门中间从墙出半壁亭，亭中有台，台上置柏树木变石，名曰："精忠柏"。传说岳飞在风波亭遇害时旁有古柏感慨之至，这么好的忠臣都被害死了，我也不活了，于是化为石（图 **79**）。木变石，由木变成化石是在情理中的，精忠柏则是自然的人化，要在点出岳飞作为英雄的特色俱在"精忠"二字，有浪漫色彩而并不荒诞。入门后为第一进院落，东端借墙背若人背之因将岳母在儿子背上刺的"尽忠报国"（图 **80**）四个大字刻在墙石上，让人们注目于中国母亲爱国主义的母训和家训。轴线向西发展为水池和西端的石作雉堞城墙。岳飞是抗金将领，借中国城池以"金城汤池"为比喻而采用此式（图 **81**、图 **82**）。对敌人说，我这里是铜墙铁壁，碰得你头破血流；护城河的水是开水，烫死你。南北两边的边廊用碑刻展示岳飞的诗词和名人赞颂的诗咏。最令我赞叹的是墓园不仅表达了对英雄的爱，而且还表达了对奸佞的恨，巧借秦桧之名是一种树，设

78
娲皇宫清虚阁屋后铁链
（王欣／摄）

79

80

81

82

79
精忠柏半亭
80
尽忠报国
81
西端的石作雉堞城墙
（孟兆祯 / 摄）
82
汤池

计者深谙中国人痛恨敌人之情理“恨不得将你碎尸万段方消心头之恨”，于是，设计了一株“分尸桧”（图 83）。寻觅被雷电劈开了的桧柏，树身被劈开但形成层尚在而可以存活，可惜今非原树，但从苏州木渎的“清、奇、古、怪”四株遭雷击的柏树可以想见分尸桧借景之臆绝灵奇（图 84）。

绍兴明代徐渭宅院虽难顾其历史变迁，就现存宅邸包含狭长精小的天井庭院便足令人赞许。室外假山无所存，但横额“自在岩”可揣主人“与石为伍”之心思（图 85），书房前低石栏、方池、勺水，水向书房室内地下延展少许，池中立小石柱撑住室内地坪，上刻“砥柱中流”，水位低时可见“砥柱”二字（图86）。园主立志做国家栋梁的高尚品德借水中砥柱表达无余。徐渭不仅是文学家、书画家，他在反对严嵩奸佞的斗争中表现了护国忠心。狭长天井终端以高墙封闭，墙前起砖高台，台上植藤，横额“漱藤阿”。徐渭幼时

83

85

86

84

83
岳庙的对联和
“分尸桧”
（孟兆祯／摄）

84
“清、奇、古、怪”
四株柏树之一

85
徐渭宅院
“自在岩”

86
徐渭宅院
“砥柱中流”

87
徐渭宅院
“漱藤阿”

在居家附近的小溪旁发现了这株小青藤，惜藤之孤苦伶仃，爱慕藤衍生的活力与清纯无拘的风貌，移植家中并自号“青藤居士”，以青藤为自己追求的形象代表。青藤即徐渭，徐渭即青藤。徐渭物化后，留下青藤迎清风而拂动，有如徐渭向来宾们招手致意。将以上两景收之满月园洞门，门上额为徐渭手书，过的是庶民物质生活，精神向往和追求的是如画似仙（图**87**）。这仅是一所民居，借景如此精到，深印我心而永志不忘，不仅触动了我的情感，而且犹如清风朗月熏陶我以终身。

说借景是中国风景园林传统涉及理法的核心是因为借景贯穿着明旨、相地、布局、理微和余韵，作为轴心向这些理法放射不尽之光芒。（图 **88**）

明旨是造园和造景的目的并因此定位定性。哪有无缘无故的造景呢？或告老还乡养老，或造园以孝敬父母，或官场失意甚至闭门思过，或隐逸自闲，或夫妇双隐，或为子孙创造清新的读书环境，或饲养万牲，或专植花木，或避暑越冬，或以诗书歌会友，或同乡集聚，或敬神拜佛，或祭天祀地，或山居养性。有的放矢，借因成果，古今皆然。只不过旨因时代而渐进，但又万变不离其宗，总是保护、利用和延续自然环境和人造环境。

相地犹如相面、相亲一样，是观察和思度所相对象之优

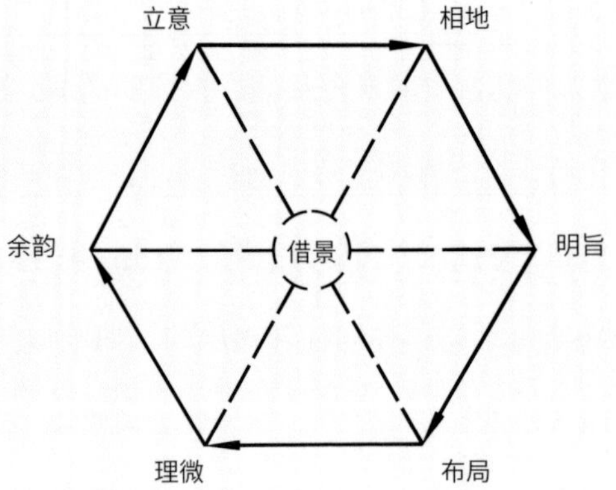

88
借景理法

劣。比如清代皇家来自关外冷凉地带，不习惯北京之暑热，便要寻求避暑行宫，把日常理政和避暑结为一体。因此既要有促成冷凉气候的自然优美环境，又要近京师而易于控制政局。康熙花了六七年时间，跑了大半个中国，最后才选定承德避暑山庄，“相地合宜，构园得体”，事半而功倍。

立意往往和问名密切相关，还可以延展到整个风景园林的文学、绘画造诣，包括景名、题额、楹联、摩崖石刻等项。名为意的外在表现，必须是具象的；意为名之内在含蓄。因境问名，要达到“问名先晓”，一看这个名称便心里明白含义。当然问名者也必须具有相应的文化水平。例如颐和园取自“颐养冲和”，一看便知是为老人颐养造的园子。“颐养冲和”就是晚辈给您提供适宜的环境赡养孝敬您，您就淡泊平和，颐养天年吧。这和原称“清漪园”就不同了。进一步琢磨，皇宫中的老人当时不就是太后嘛，园中山为太行山余脉，因传说山中发现瓮而名，故称瓮山，水称瓮山泊。因山水尺度不相应，山大水小，为了作为北京的蓄水库和令山水相映而将水面向东扩展，原在东堤上的龙王庙就形成水中岛了（图 **89**）。山因“仁者乐山”和“仁者寿”改称万寿山；水因仿汉武帝在昆明池练水兵而名昆明湖，以适应清代水师学堂之需。又仁寿为殿，乐寿为寝，东宫门外木牌坊东、西的额题为“涵虚”“罨秀”。首先

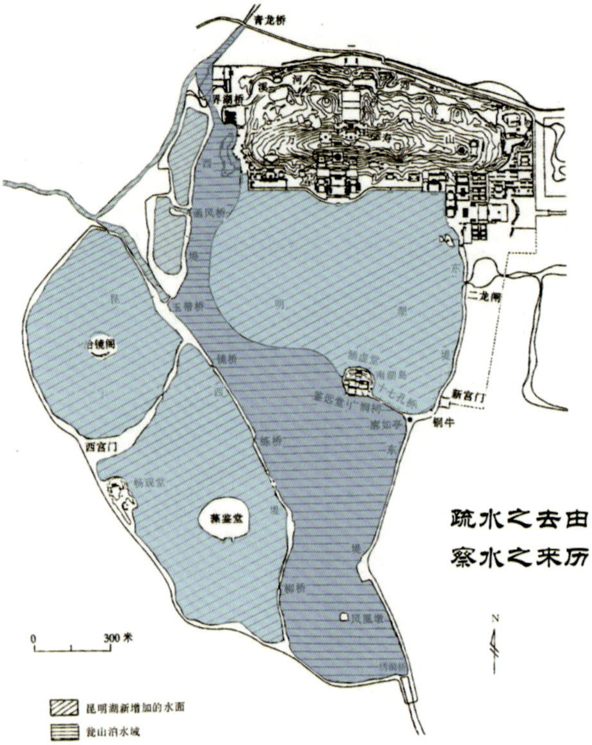

89

清漪园旧地形改造
后地形平面示意图

就宜称园中有大水面，水若镜，镜是虚的，有像则映真，同时也知园中有山，秀即突出之山，罨为网罗、捕捉，进而可悟出只有称孤道寡之人才要涵虚，只有涵虚才能广纳贤臣，这也是罨秀的拟人化比喻。龙王庙东岸有16米进深的“廓如亭”，借“廓然大公”而来。

广东番禺的余荫山房有精小之亭名“味榄轩”，少吃多知味也。上海豫园是“豫悦双亲”。江苏同里任兰生因获罪造“退思园”，表达退而思过的意愿。园中景点也多是冷凉低调的，退思草堂、辛台、菰蒲生凉、卧云亭等。承德避暑山庄的“食蔗居”，因借“食蔗末益甘”而引出谷端风景最美好。其中“小许庵”的草舍就牵涉一些典故。许指许由，尧帝欲让位给他，许不允而逃避居于箕山下农耕而食，尧又请他做九州长官，他到颍水边洗耳，表示不愿听并洗污洁身，是为洗耳记。绍兴沈园流传着陆游与唐琬的恋爱风韵，但二人并未成眷属，沈园入园处置一横石，中断损为罅，额题“断云”，两相联想，因借效力。景点亦然，因架跨山溪而名“净练溪楼”，因建于松壑内而名“松壑间楼”。

借景之于布局也十分重要，因景区、景点名目皆借景而生。中国园林传统布局的原则是“景以境出”，境指用地环境和立意之意境。首先是山水地形骨架，一般是“负阴抱阳，藏风聚

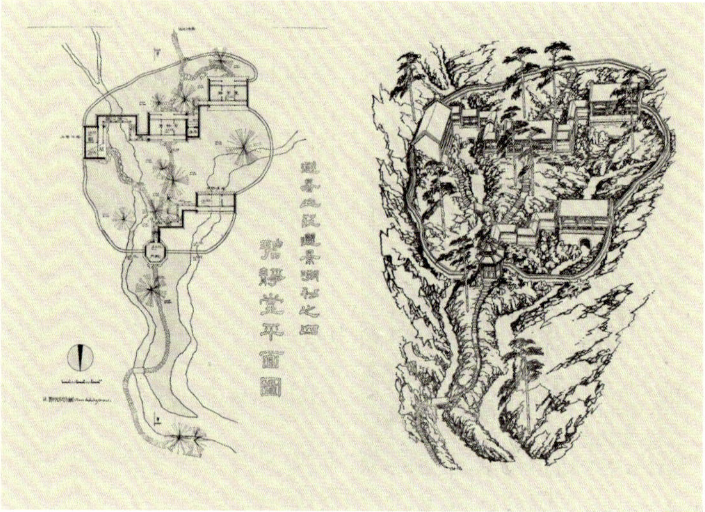

90
“碧静堂”
平面、复原图

气”。阴为山，因山高而虚；阳为水，我国总地势西北高，东南低，冬季西北干冷之风要屏障阻挡，而令水面充分受阳光而自洁。现代有些建筑置于水边南岸，结果建筑的阴影令水面得不到必要的日照而发臭。藏“风”可指阴霾之风，以山藏水，以水聚生息之气。要因地制宜，如堂是向阳、坐北朝南。但遇到运于“倒座”的布局，堂亦可坐南向北，如避暑山庄松云峡中的“碧静堂”，楼阁一般是布置在后面的，但如果园子入口旁原为城墙高地，那么楼也可安置在前面（图 **90**）。“一池三山”或“一池五山”是中国流传的一种仙山仙海的制式。具体应用就必须因地制宜借景而生。圆明园的福海追求“相去方丈”，把岛置于福海中央；颐和园西堤划分南湖、西湖，三岛便在各自湖中。北海和中南海是在旧河床和辽屿的基础上兴建的，故三岛成折带形分布。避暑山庄由“芝径云堤”而衍生为三岛。

余韵，指风景名胜区或城市园林基本建成后延展之余音，余韵适可而止而又可再发。比如杭州的灵隐胜境，所借自然资源一是山，二是水。山之特殊性在于表层砂岩风化掉了，露出纯净的石灰岩被含酸的水溶蚀成千变万化的洞壑景观，而与周近尚以砂岩为表层的山从景观方面讲迥然不同。印度和尚慧理借此而说此山是从印度飞来的，从而首创“飞来峰”的山景。人问何以为证，他说我养着猿猴，招之即来，于是山上有了“呼猿洞”。此地地面两水抱山，其中一水还汇合了从地下涌出的地下水。地下水温较地面水低，借此因而名“冷泉”，并衍生冷泉亭。“天下名山僧占多”，对山滨水之处兴造了灵隐寺，天人合一的灵隐胜境基本建成。又有人借苏东坡描写春天雪融化后山洪下泄的诗句“春淙如壑雷”，在山溪中建了壑雷亭。但由于难挡山洪冲击，冲毁数次而改亭址建于岸上与冷泉亭相伴。后有人提问：“泉自几时冷起，峰从何处飞来？”这本是难以作答的，但借“以其人之道，还治其人之身”便可答以“泉自冷时冷起，峰从飞处飞来”，并成为楹联流传下来。这都是借景产生的余韵。

我想通过以上的论证可以说明，为什么说借景是中国风景园林传统设计理法的中心环节了。书中以下的内容也无处不以借景为中心。一定要把握这一点。要打积累借景理法的基础，因为道理懂了不见得能称心如意地运用借景理法。借景随机、触情俱是、臆绝灵奇谈何容易，唯一途径是挖掘、学习、研究，积少成多，并密切联系设计实践运用。汇滴水成川，借景是不仅可以学到手的，而且是可以创新发展的。

布局

六

布局 6.

清代文学家张潮说："文章是案头之山水，山水是地上之文章。"足见中国文学与中国园林艺术千丝万缕的渊源关系。设计园林作品和作文一样讲究章法，园林之总体布局相当于文学之"谋篇"。设计园林首先要章法不谬，更求严谨。由字造句，组句成段，结段成章，构章成篇。只不过园林有其专业的语言，而且谋篇和相地是紧密地联系在一起的。传统章回小说的结构反映在中国园林中为"各景"的空间划分和循序渐进的空间组合，逐一展开，分层展示。因此，便有起、承、转、合的章法序列。

园有园名，景有景题，按题行文，逐一开展。"起"之所以重要，如同人之初识，是一见钟情、相见恨晚，还是熟视无睹、无动于衷。所以有人夸张地说："好的开始就是成功的一半。"起，又仅仅是开始，给读者或游客一个最初的亮相而已，并不是大量堆砌、一览无余的展现，而应多从诱导方面考虑，导人入游。大量未展开的景致还是要藏起来，若隐若现，逗人深求。这一个"起"字不但要反映忠实于园之定位与定性，而且要以园林艺术形象点出其定性的特色。江南私家园林都有"日涉成趣"的要求，这首先体现在"涉门成趣"。

以"出淤泥而不染""拙者之为政"为譬的苏州拙政园，以腰门为起，两厢廊道"左通""右达"，虽然交拥，却因廊内光线较暗而有些晦涩。由两边廊交拥的室外空间正对腰门显露出一片天空，明亮而引人注目。一卷黄石假山当门而立，与天空背景虚实对比强烈。又有石洞半掩，穿洞而出便见隔小荷池的点题主景"远香堂"和其北面更虚的朦胧远景。自腰门北进后尚可翻山或沿东、西廊与山间小路和自廊内一共六条不同的路线入园。所历之景因路径而异。自六种不同空间入园当然就各成异趣了。这便是涉门成趣的佳例。

再看今日有些园子，入门后两边"分道扬镳"，可成之趣自然减少。颐和园东起仁寿门，门框内特置竖石成景，对景兼作障景（图 91）。过仁寿殿又进入压缩空间的假山谷，峰回路转而出谷，则一片开阔的昆明湖豁然展现于眼前。仁寿殿后的

仁壽門

92

假山主要使其与元代功臣耶律楚材祠有所隔离。而借隔离之山开辟了引人入胜的峡谷，玉成了“起”景的变化（图 **92**）。

起景贵在得宜，即与周围环境取得合宜的关系。就所造景而言，以适度为宜，引起游兴而已。切忌大量堆砌，而贵在精湛。起是有度的，不能起个没完，起完一段就要另起一景来承接，这就是“承”。园林是景观空间的承接，凡空间皆有功能、性格与特色。如一味地承接同一性格的空间，则会让游人产生千景一面的厌烦心理。因此须“转”，转即空间的转换。概括而言景观可归纳为两大类型：旷观与幽观。根据不同的空间功能和性格，可以用不同大小、不同地形和不同的造景因素来组合成性格各异的空间。地形的幽观可运用沟、谷、壑、洞、岩，地面造景因素可用山石、植物、建筑和水景等。旷观地形则为坡、岗、峰、岭和辽阔的平原、水面等。也可用不同造景因素做不同的组合。所以概括起来无非是幽旷的变化，但旷观和幽观的空间是变化无穷的。因此，一个“转”字反映了园林空间的划分与联系，这也是章法的主要内容所在。转来转去总要有

91
颐和园仁寿门
（朱强／摄）
92
仁寿殿西侧山谷

一个相对的了结，这就是“合”，合相当于景观的总结。总结可以是终结，但不一定都是终结，而且大多数情况下不一定是终结。颐和园以牌坊和东宫门为起，仁寿殿西土山山谷为承，出谷各条游览路线都有所转，最后登佛香阁尽收眼底（图93、图94）。

与起、承、转、合融为一体的章法序列还有序幕、高潮和尾声。景观之开展也有如戏剧的开展。序幕可视为处于比“起”还略前的部位，亦可以序幕为“起”。例如苏州郊乡同里镇的“退思园”，进园以前有中庭的设施，布置有船厅、周廊和山石树台等作为后花园的前奏，亦起序幕的作用，从中庭引入后花园。高潮可以在起、承、转、合的任一环节上因地宜而定。一般不常将高潮置于起，但宜者亦可。

川西名园新繁之东湖因旧城墙之城楼正值入园后的景观焦点，高耸秀拔，可谓引人突进高潮。高潮也可不仅一次，经稍为平铺以后又可转入另一高潮。高潮与“起”结为一体的还有扬州“卷石洞天”的假山景。进门则令人应接不暇。尾声相当于余韵的位置（图95）。

园林的布局通常分为两大类型。主景突出式布局可以控制全园的主景，令人一见难忘。诸如颐和园的佛香阁（图96）、北京北海的白塔（图97）、镇江金山寺的慈寿塔（图98）等。另一

93
从佛香阁俯瞰全园
94
颐和园起承转合示意图

93

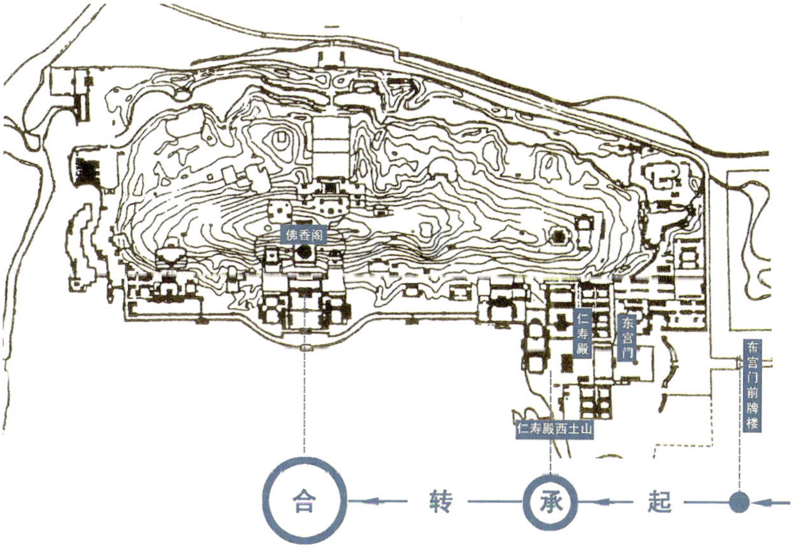

94

95

96

95
扬州“卷石洞天”假山

96
颐和园万寿山与佛香阁
（朱强／摄）

97
北海琼岛白塔
（朱强／摄）

98
镇江金山寺慈寿塔
（朱强／摄）

97

98

种集锦式布局，没有控制全园的主景。如圆明园、承德避暑山庄等皆属此。此类布局可以有控制某一景区的主景，如避暑山庄湖区东部的主景是金山的“上帝阁”（图99），湖区北部的主景是“烟雨楼”（图100），而湖区南部的主景是“水心榭”（图101）。以上景点各主一方，而综观全园并无可控制整体的主景。集锦式布局能适应分区主景即多高潮的布置。主景突出式布局适宜纪念性内容的景观。

布局是景区和景点在总体方面的组织与组合。景点因地宜而起，造园目的要付诸景点，而景点又要与用地的实际情况联系起来。相邻而且联系性很强的便可组成景区。布局在于把这些相当于文句、文段的景区和景点合为一篇可言志而又令人回味无穷的文章。城市园林有章法，风景名胜区有没有章法呢？也是有的，但不同于城市园林以人造为

99

100

101

主，布局的能动性主要在人作。风景名胜区以自然风景为载体，通过历史人物的开发，“景物因人成胜概”，布局的因素也就在其中了。譬如，五岳之首的东岳泰山，是古代封禅之地。封为祭天，禅为祀地。人间帝王借天上帝王之“君权神授”来宣扬自己以求安邦的愿望，其中又有对自然的崇拜与尊重。将这些内容与游赏自然山水风景相结合，便形成了中国的风景名胜区，可以说是借自然风景来体现当时人的自然观和世界观。山下的岱庙是人间祭祀的起点，因山而设“一天门”、“中天门”和“南天门”（图 102），设在何处则是根据自然形胜以及各级天

99
避暑山庄湖区东部主景金山“上帝阁”
100
避暑山庄湖区北部主景“烟雨楼”
101
避暑山庄湖区南部主景“水心榭”
（朱强／摄）

门的人意相近者而为之。

作为高潮的南天门，选择在仰观可见两边唯石嶙嶙、古松相夹的高山，在高远处交会的天际线尽端，是天上与人间高下悬殊之所在。人以仰观视角瞻仰南天门，显得天宫高居云天（图 103）。山间瀑布流水，于低处设桥跨越，桥前有石亭，于此休息片刻，再渡石桥，经“五大夫松”而上天门。全借自然而生人意，据自然资源而赋予人文含义。当然有布局，却又不同于城市园林在布局的自由度上有那么大的空间。风景名胜区之起、承、转、合，主在自然而辅以人设。

难于布局的用地多为 500 亩以上的大型园林或 100 平方米左右的小型园林，或在特别狭长、扁阔的地形内做文章。欲使大者不令人感到空乏，微者不令人感到拥挤和局

102
泰山“一天门”
泰山“中天门”
泰山“南天门”

103
泰山南天门步道

促，狭长者不令人感到冗长，就要在布局方面下特别的功夫。欲使大而不空，就要取传统园中有园的结构，大园中组织自成空间的小园，化整为零，再集零为整。占地5200亩的圆明园，先建居西之圆明园，再扩建其东的长春园和居东南的万春园。合三园为一园，故有“圆明三园”之称。各园中园内还有小园里的园中园以及景区。以圆明园中的“九州清晏”景区而论，环“后湖”有九个岛象征九州，而各岛又有独自的景名、意境和自成空间的完整布局（图104）。九岛之间又构成整个景区的布局。这样分不同层次布置各个景区，便不会有因大而空的感觉。由于历史的特殊原因，中国古代园林建筑的用地比例很大，但这并不影响化整为零、集零为整的理法应用。以山水地形和植物材料为主，建筑为辅；也可以应用园中有园的传统。“大中见小”是大园布局的主要理法。

“小中见大”则是小园布局的主要理法。现存苏州“残粒园”便是占地仅140平方米的写意自然山水园（图105）。其主要手段就是周边式布置，以水为心，并利用“下洞上亭”“借壁安亭”，特别是运用假山扩大空间感的手法（图106）。“掇山

104

《圆明园四十景图咏》之“九州清晏”

（法国国家图书馆藏）

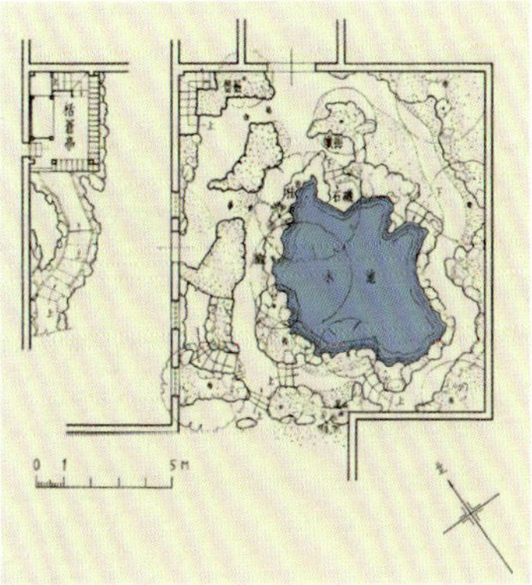

105

106

105
残粒园平面图
106
残粒园栝苍亭
（转引自《苏州古典园林》）

须知占天”，意谓在占有较小面积的前提下，利用假山组织多层次、富于三远的空间。残粒园由圆形地穴引入，安置竖立的湖石以为对景。围墙内辟水池及自然山石驳岸，令水深涵。水池中的景观对扩大空间起了决定性作用。小路曲折起伏，抱池蜿蜒。围墙内隅以山石“镶隅”为种植植物的花台，并结合特置山石，嶙峋多变。山石和墙面薜荔附生。主景“栝苍亭”借宅邸高楼的山墙而起半壁方亭，亭坐落在园门北侧的假山洞上，循爬山洞自然踏跺而上进入栝苍亭。亭居高临池，位置和造型都突出，而尺度又与环境相称。亭虽小而犹划分为里外两层空间。内层借壁置博古架，外层则可向园内俯瞰全园，成为全园成景、得景的最佳视点。布局以园洞门及特置山石对景为起，假山洞为承，栝苍亭兼“转”及“合”。下亭则以山石为支墩，架空踏跺缓转而下。妙于在此置坡状天桥于墙前，山石支墩间掇为洞状，这又增加了墙前的层次和景深。仅百余平方米的面积却整

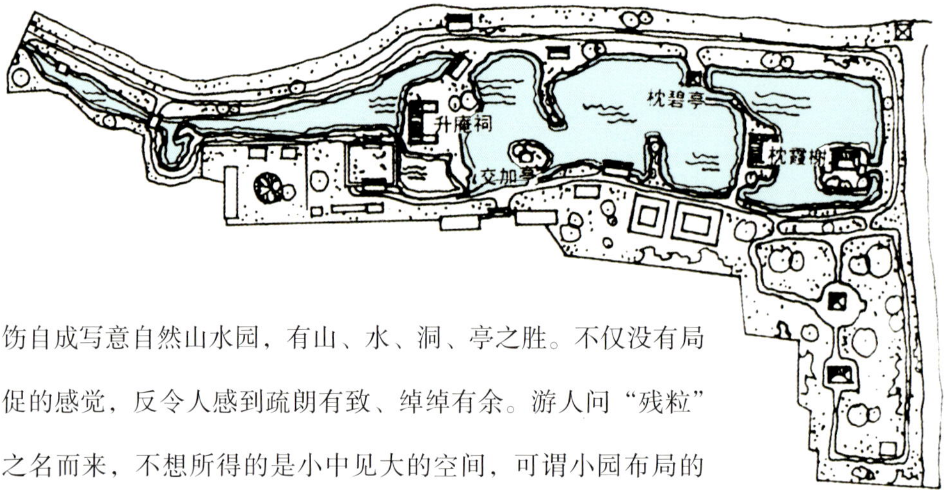

107
桂湖纵分水体的分水岛屿

饬自成写意自然山水园，有山、水、洞、亭之胜。不仅没有局促的感觉，反令人感到疏朗有致、绰绰有余。游人问“残粒”之名而来，不想所得的是小中见大的空间，可谓小园布局的典范。

园地的面积和形状不能完全凭主观想象而定。《园冶·兴造论》中说：“假如基地偏缺，邻嵌何必欲求其齐。”四川成都附近的新都有“桂湖”，因邻嵌而成狭长形水面（图107）。用地长宽之比悬殊，但利用半岛、全岛分割水面，水空间由于有了相宜的横向分割和渗透，就基本上消除了过于狭长之弊，甚至可化弊为利，变狭长为深远。因此，恰当的横隔是改善狭长布局的手段。

南京“煦园”以整形式水池作狭长形体处理有异曲同工之妙。采取以竖线条作横隔断来划分水面，一端兴造石舫，两岸石板铁栏贴水平接石舫以划分水面。水池呈宝瓶状，与石舫相对应之另一端放开而有尽端处理。两岸亭榭参差，化冗长为深远（图108）。扬州瘦西湖基于城濠改造，却在瘦水中夹洲令之更

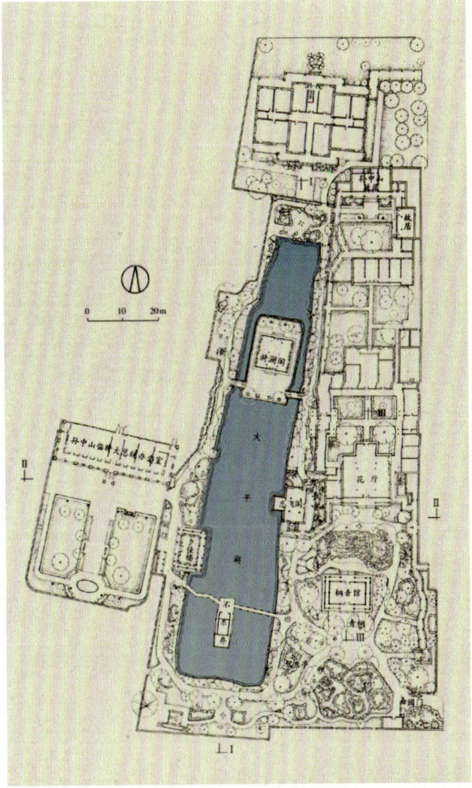

108

瘦，宽处在五亭桥放开，曲折幽邃并不冗长（图 **109**）。

因地制宜的布局主要体现在胸襟明旨、随遇而安。相地、借景、布局是一个连续、交叉和互为渗透的创造过程。相地中亦含布局之草想。随遇而安指因该地段的地宜。如承德避暑山庄按避暑离宫别苑的宗旨，须安排可供上朝的宫殿区和游览休息的宫苑区。南偏西的地段为高而平的台地，且与北京交通联系方便，宜

109

108
南京煦园中纵分水体的岛屿

109
扬州瘦西湖在狭窄的湖面中夹入洲岛、吹台，使平面布局更为幽邃

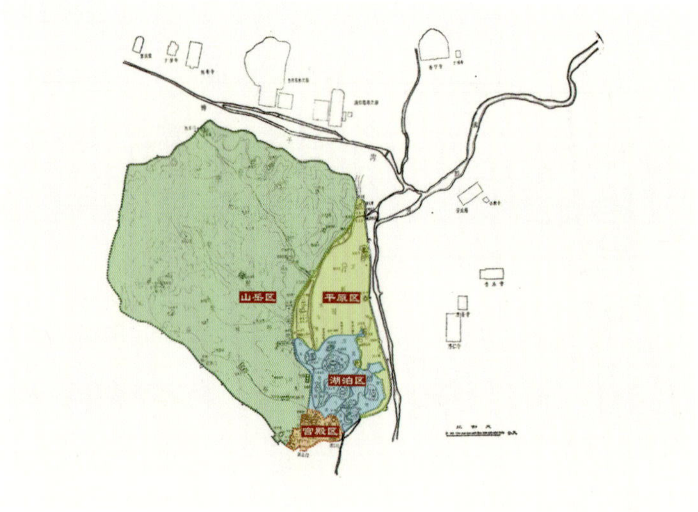

110
承德避暑山庄平面分区图

为建筑密度大的宫殿和寝宫的用地。宫苑区又据地形划为山林区、平原区和湖区。山区安置，以“因山构室”的理法构筑园中园。湖区以堤岛划分，创意出北国江南，并借镇江金山和嘉兴烟雨楼据正衍变，变地形为仿中有创的水景。山湖间的冲积平原则作为稀树草地的万树园和草原风光，布局的间架得以确立（图 **110**）。

布局的具体内容主要有山水间架、园林建筑布置、园路和场地、植物种植和假山、小品等布局安置。

首先谈谈山的内涵和精神。

中华民族崇尚山水的渊源久远。江山可以成为国家的同义词，山水清音是至高无上的艺术境界。这是我国的自然环境和人文传统结为一体的综合因素所致。我国疆土上一大半是山，有山就有水，自西而东，千古流淌。三山五岳，五湖四海，形成古代中国九州的版图。治水从来就是国家大事，上古的洪水导致人与水的生产斗争。鲧用堵截治洪水失败，禹用疏导治洪水成功。疏浚挖出的泥土以人工堆成九州山，生民上山抗洪而得以活命。这才产生“仁者乐山”的概念。

早在春秋时代孔子便有“为山九仞，功亏一篑”之喻，并进而形成“仁者乐山，智者乐水”“仁者寿”等儒家哲理。孔子提出的君子比德于山水的哲理，在我国形成广泛而深入的影响。

《诗经》云：“节彼南山，维石岩岩。赫赫师尹，民具尔瞻。”中国古代帝王以山为冢。山，绝不仅是地面突起之物，而是中国人崇尚的一种精神。儒学的创始人孔子喜观览山水，他回答弟子子张所问“仁者何乐于山也”时说：山“出云雨以通乎天地之间。阴阳和合，雨露之泽，万物以成，百姓以飨”。还说：“山川神祇立，宝藏殖，器用资，曲直合。大者可以为宫室台榭，小者可以为舟舆桴楫。大者无不中，小者无不入。持斧则斫，折镰则艾。生人立，禽兽伏；死人入，多其功而不言，是以君子取譬也。且积土为山，无损也。成其高，无害也。成其大，无亏也。小其上，泰其大，久长安。后世无有去就，俨然独处，惟山之意。”西汉哲学家董仲舒继承了儒家的美学思想。他在《春秋繁露·山川颂》中说：“山则巃嵸藟摧，嵬崔嶵巍，久不崩阤，似夫仁人志士。”《荀子·宥坐》记载孔子观于东流之水。子贡问孔子曰：“君子之所以见大水必观焉者是何？”孔子答曰：“夫水遍与诸生而无为也，似德。其流也埤下，裾拘必循其理，似义。其洸洸乎不淈尽，似道。若有决行之，其应佚若声响，其赴百仞之谷不惧，似勇。主量必平，似法。盈不求概，似正。淖约微达，似察。以出以入，以就鲜洁，似善化。其万折也必东，似志。是故见大水必观焉。”孔子在川上还感叹地说：“逝者如斯夫，不舍昼夜。”赞扬流水日夜川流不息的坚强性格。董仲舒在《山川颂》中进一步说：“水则源泉，混混沄沄。昼夜不竭，既似力者。盈科后行，既似持平者。循微赴下，不遗小间，既似察者。循溪谷不迷，或奏万里必至，既似知者。障防山而能清净，既似知命者。不清而入，洁清而出，既似善化者。赴千仞之壑，入而不疑，既似勇者。物皆困于火，而水独胜之，既似武者。咸得之而生，失之而死，既似有德者。”

儒家将水视为包含品德、正义、道德、法、正统、志向、力量、持平、洞察、智慧、知命、善化、勇猛、英武等诸多美德的化身，体现并涵盖了儒家理想的君子品行。这些哲学、美学观念对今后的中国文学、绘画、建筑、园林等艺术领域起到了决定性的影响。吴良镛院士在曲阜成功地设计了孔子研究院，有外园以水为主题，我建议引用以上孔子论水造景，得到吴院士和甲方的支持，并由朱育帆君落实设计。

我国西周出现的“灵囿”的基本地形和骨架是灵台与灵沼。灵台有与山岳相似的祭祀、观眺风景功能；灵沼即水体，都是挖低填高的人工营造，且具有山水的高下之势。《三秦记》载：“秦始皇作长池引渭水，东西二百里，南北二十里。筑土为蓬莱山。”这是据今所知我国园林造土山记载之始。汉武帝因循历代传统形成“一池三山”之制。汉武帝建元四年（前137年）在长安西郊所建“建章宫太液池”中，出现了因循秦制的仙山，即蓬莱、方丈、瀛洲、壶梁诸仙山（参见《史记》《汉书》）。关于这些传说中的东海仙岛可以从《列子·汤问》略见其端倪：“渤海之中有岛，一曰岱舆，二曰员峤，三曰方壶，四曰瀛洲，五曰蓬莱。……其上台观皆金玉，其上禽兽皆纯缟。珠玕之树皆丛生，华实皆有滋味。……所居之人皆仙圣之种。”由于传说后发生有大陆漂移，其中有两岛漂走，故一般称蓬莱、方壶（方丈）、瀛洲为三座神山，并成为中国皇家园林传承发展“一池三山”的基本山水框架（图 **111**）。

东晋陶渊明的田园诗也是山水诗，其《桃花源记》中先抑后扬、世外桃源等手法与意境屡次应用在各地的造园实践中。魏晋六朝时中国的绘画艺术逐渐由人物画发展为以描写自然山水为主体的山水画，出现文人对自然山水风景的提炼、升华。宋朝苏东坡对唐代王维（字摩诘）的画有一段著名评语："观摩诘之画，画中有诗。味摩诘之诗，诗中有画。"王维主持设计、施工的"辋川别业"则是凝诗入画的文人写意自然山水园（图 112）。北宋徽宗的寿山"艮岳"又将文人写意自然山水园推向登峰造极的高度（图 113、图 114）。其后元、明、清时代中国的造园艺术手法趋于圆熟，至康熙、乾隆的鼎盛时代出现古代造园最

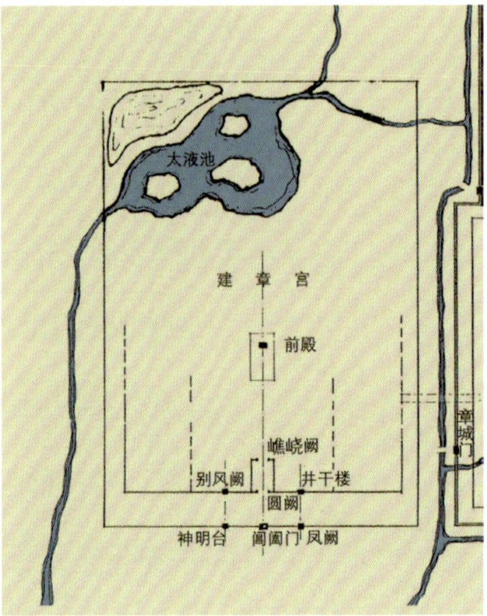

111

111
汉代建章宫"一池三山"的基本山水框架平面示意图

112
"辋川别业"
(《关中胜迹图志》)

112

113
艮岳复原假想图
（朱育帆提供）

后一个高潮，至此文人写意自然山水园形成了中国园林的民族特色（图 115）。

世界上有山有水的国家何其多，但仅有自然资源而没有人文资源与其相结合，就不会产生写意自然山水园。石灰岩分布最多的国家是加拿大，我国居第二位，但唯有中国创造了饶具民族特色的假山技艺。这都是依据“天人合一”的文化总纲，结合所处的自然环境而创造出的适应环境的文化。中国园林艺术“虽由人作，宛自天开”的境界、准则和“寓教于景”的理法均由此产生，并持续地继往开来、与时俱进、不断发展完善。

“有真为假，做假成真”是园林艺术总的法则的另一种表

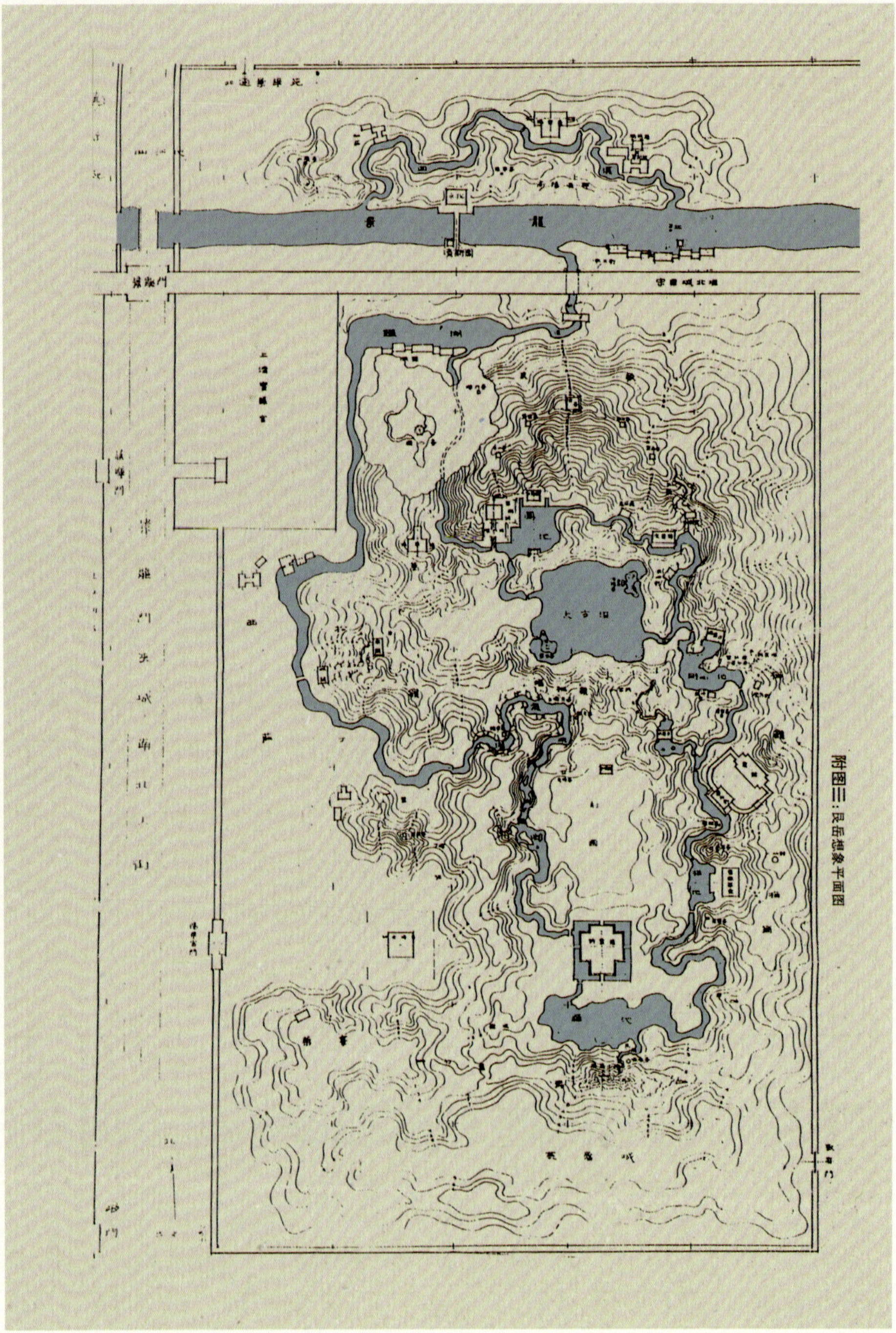

114
北宋徽宗的寿山艮岳
（朱育帆／提供）

115
颐和园"一池三山"鸟瞰

达形式，对于利用自然山水和人造自然山水都至关重要。这几乎是"外师造化，中得心源"的同义词。作为园林工作者，要"读万卷书，走万里路"，不仅要徒步仔细观察自然山水细部之奥妙，即使是乘坐飞机旅行时也要充分利用时机从宏观方面来观察大地风貌，山川总的形势，山体的组合单元以及自然造山运动中形成的多种多样的大地景观，何为山势，何为脉络，何谓脉络贯通，如何嶙峋起伏，如何逶迤回环……结合理论好好看一看山，观一观水。水体本身无形，根据水往低处流的物理特性可以得地成形。思考为什么前人说："水因山秀，山因水活。"山水为什么相映才成趣。水遇山之阻挡，如何转道而行；山受水的冲蚀，如何形成窝、沟、洞。把一瞬而过的山水景观用照相机拍摄成自然山水的素材资料，细嚼其味，是可以从中寻觅出自然山水之神韵的。以前人在地质构造、山水画论、游记、小说乃至专著中总结的理论，结合身临其境的踏查和空中鸟瞰，便不觉逐渐悟出一个道理来。大千世界磅礴博大，人造自然卷山勺水，如何在相对狭小的空间里运用总体概括、提炼和局部夸张的艺术手法造山理水？通过“搜尽奇峰打草稿”，师法自然，积累经验，人造自然山水便不会是一片空白。根据用地对造园目的进行定性、定位，再结合用地的地宜，便可一挥而就地写出山水文章。

无论自然景观还是人造自然景观，无不以山水结合，相映成趣为上。将自然风景视为优美的自然环境，所谓“养鹿堪游，种鱼可捕”，是将动物也看作自然景观的组成部分。山水是我国典型的自然景观表现和组合形式。清代《石涛画语录》中说：“得乾坤之理者，山水之质也。”道出山水相互依存、相得益彰的关系。又说：“水得地而流，地得水而柔。”“山无水泉则不活。”以布局而言，山水之密切关系正如笪重光在《画筌》中所论证的：“山脉之通，按其水境。水道之达，理其山形。”喻山为骨骼，水为血脉，建筑为眼睛，道路为经络，树木花草为毛发的说法，也是对自然拟人化的一种理解。凡于有真山的环境中造山者，就要运用“混假于真”的手法。“胸中有山方许作水，腹中有水方许作山”的画理生动地说明山水相映的不可分割性。

在具体设计行为中则先拟定是以山为主，以水辅山；还是以水为主，以山傍水。要先立主体，因主体之形势而决定所需之辅弼。

造山可分筑山、掇山、凿山、剔山和塑山等多种手法，相互之间也可穿插使用。筑山指夯筑土山和土山带石的人造山体。掇山指以自然山石为材料，按自然山石成山之理，积零为整地掇成山体（图 116），也包括石山带土的山（图 118）。凿山是利用开采石材留下的负空间形成自然形的山，或将自然山的局部开凿为人造自然的石山（图 117）。剔山是将被泥土覆盖的自然山石用挑剔的方法使之露出山石的面貌。塑山指以人工的材料包括灰土、钢筋混凝土或玻璃钢等材料用模压或注塑、塑雕而形成的仿自然山石。

应用最普遍的是堆筑土山的方法，业已成为园林地形设计的主体。合理利用以土山营造地形的手法，可以为某一地带内

116
掇山
（苏州环秀山庄）

117

118

117
凿山
（绍兴东湖）

118
八音涧
（无锡寄畅园）

不同生态习性的植物创造不同的小气候生态条件，也可以增添地面上景物起伏高低的视角变化，更可以作为划分空间和组织空间的手段。茂名市以炼油后的矿渣堆山，表层覆以土壤，植以树木。通过化验其果实，证明有害物质随时间的推移而递减。

掇山多用于大园局部空间的处理或将小园做成假山园。石山带土则可作为岩生植物的种植床（图 **119**）。

塑山宜用于荷载有限的屋顶花园或室内园林等。塑山是不延年的，一般人造石的寿命为数十年，钢筋混凝土塑山由于表面不均匀，热胀冷缩，易产生裂纹。加之雨水由裂缝渗入而进一步腐蚀钢筋，导致坍塌。模压玻璃钢选自然山石模压成型，

119
岩生植物园

具有重量轻、观感逼真等优点，但缺乏丰富的造型且造价昂贵，宜于屋顶花园项目使用。

造山必须有明确的目的，是作为全园构图中心的主山，还是作为分割空间的山体，抑或是作为增加微地形变化和组织游览路线的土山。明确土山的功能以后，土山的高度和体量也就随之可定。主山的高度感与视距有一定关系。以山的高度为一个单位，视点与土山的平面距离与之相等则视距比为 1 ∶ 1，此时给人以局促、压抑的感觉。一般小空间近距离观赏的视距比宜在 1 ∶ 2 ~ 1 ∶ 3 之间，大空间中距离观赏的视距约在 1 ∶ 8 ~ 1 ∶ 11 之间（图 **120**）。视距再远就难以起到主山的突出作用了。从绝对高度而言，古代圆明园的土山最高者亦不超过 11 米。金代时作为金中都镇山的北海塔

120
大空间中距离观赏的视距约在 1 ∶ 8 ~ 1 ∶ 11 之间

山约为 30 米，作为北京城屏扆山的景山为 43 米，现代园林造的主山约为 30 米。如在 600 公顷的用地上造主山，则因空间尺度扩大而山的高度要相应增加。

造土山自古至今经历了从以真山为准到以真山为师的两个发展阶段。所谓“起土山以准嵩霍”反映仿真山阶段（嵩、霍为真山）。《汉官典职》载：“宫内苑聚土为山，十里九坂。”《后汉书》载东汉时“梁冀园中聚土为山，以象二崤”。二崤是当地当时的两座名山——东崤和西崤。说明早期的土山处于单纯的仿真阶段，所以土山堆成后连绵 10 多里。后来逐渐转为偏向写意的概括手法，以小写大。具体高度和体量只有因地制宜地决定，且对于土壤有工程技术方面的限制，坡度与边坡倾斜率成倒数关系，一般陡的坡度宜控制在 1 ∶ 2.5 以内，再陡则水土冲刷导致严重的水土流失，进而产生滑坡、坍倒等危险。就工程技术而言，土山一定要保持持久的稳定性。主山形体一般呈有变化的块状。作为分割空间的山至少比常人的视线要高，一般在 2 米左右，其中升高部也在 3 ~ 5 米之间。形体多呈曲带状，随分割空间自然变化。土阜则为增加微地形变化、组织游览路线和配合植物造型而定。一般高度约为 1 米。在左右分道的路口，以陡坡正对行人，缓坡向绿地延伸，人便自然按分道游览而不会径直穿过。孙筱祥先生在当年设计杭州“花港观鱼”公园时，成功地将自然起伏的草坪率先用于发展中国自然山水园（图 121）。其中使用的阜障在组织游览路线和结合雪松基部造型方面起了很好的作用。

阚铎在为《园冶》写的《园冶识语》中说："盖画家以笔墨为丘壑，掇山以土石为皴擦。虚实虽殊，理致则一。"中国古代造园由绘事而来是史实，反映了中国园林含诗画的特殊性。山水画论总结了很多山水自然美的规律，值得借鉴。《园冶·掇山》中提到："未山先麓，自然地势之嶙嶒。"陈从周先生曾提出："屋看顶，山看脚。"这就说明内行看门道，因为一般人容

121
"花港观鱼"
藏山阁

122

123

122
自然真山的
山麓披石
123
假山艺术中的“山巍脚远”实例——南京瞻园北假山山脚处理

易着眼于“山看峰”。以人看山，山可分为山脚、山腰及山顶三部分。而“未山先麓”反映了自然造山的规律，山腰以下均为山麓，是山与平地或水面衔接的部分。平地演变为山麓，总的趋势是由缓转陡（图 122）。不要一味追求山的高度和主峰的造型而忽略了山的底盘的面阔、进深与山的高度之间的比例关系，这一点牵涉到土山的稳定和自然面貌。清代画家笪重光在《画筌》中所说的“山巍脚远”反映了相同的认识（图 123）。土山的底部承受的压力大，则坡度宜小才稳定，坡长相对就拉远了。山腰部分承压较山麓小，坡度就可以相对大一些，山头则更陡无妨。其坡度在自然安息角的范围内，也有一定幅度而不是一个定数。显然不宜将全山的山麓做成同坡度的坡脚，而应随地宜并结合造景需要变通。

其一，山脚一般缓起缓升，亦可缓起陡升或陡起缓升。当

124
"花港观鱼"
牡丹亭

然，陡起山脚必以山石为藩篱，山麓亦可做成岫或洞，加以平面凹凸的变化，完全可以做出多样的山麓以适应各种不同的环境。如延麓接草地（图124）、延麓临湖泊、延麓接另一山麓、延麓临溪涧、延麓临堑、延麓下临溪间栈道等，山麓变化就丰富了。

其二，应注意"左急右缓，莫为两翼（图125）"，即："山面陡面斜，莫为两翼"。说的是山坡的陡缓变化要避免像鸟的翅膀那样左右对称。对称的山坡自然界也是有的，如北京近郊十渡风景区的"鸟山"等，但人们不以其为自然美的代表。人从某一视点观山，两边的山坡最好陡缓相间而具有对比性。左急则右缓，右急则左缓，特别是入口处的视点，非左急右缓、层次参差而不能得到自然之真意。与此相关的还有“两山交夹，石为牙齿”（图 126），意即面对两山交夹的山口，视线基本与山垂直，这时的山景有若剪影效果，因此在山坡上的嶙峋山石构成起伏而富于节奏变化的天际线，在以天空为背景的衬托下形成天然图画的剪影效果。在山坡上种植树木花草，也可得到同样的观赏效果。

城市道路经常把山炸开一个豁口穿行而过，留下的豁口用挡土墙做成直墙，分层跌落台地或形成单面斜坡。以呆板的人工硬材料取代山林之自然美是很煞风景的。因城市建设而破坏了自然环境景观，应进行补偿，是可以回归自然面貌的。可使道旁豁口稍向外移，以左急右缓之法修补两旁的山坡。宜土则土，宜石则石，然后利用两山交夹的山势营造自然山林之景，作为城市人工道路的自然调剂。如穿过石山，则两旁以凿山之法抹去开山的人工痕迹，加以适当绿化则可泯然无痕。

其三，遵循“山有三远，面面观，步步移”的理法（图 127）。

宋代郭熙在《林泉高致》中说：“山有三远。自山下而仰山巅，谓之高远；自山前而窥山后，谓之深远；自近山而望远山，谓之平远。”又说：“山近看如此，远数里看又如此，远十数里看又如此。每远每异，所谓山形步步移也。山正面如此，

125

左急右缓，莫为两翼

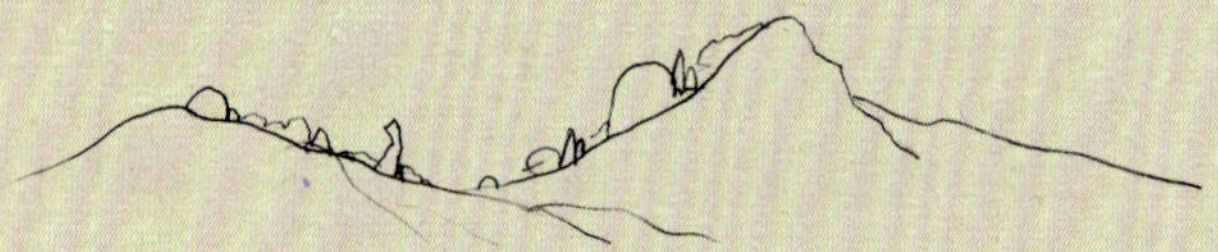

126

两山交夹，石为牙齿

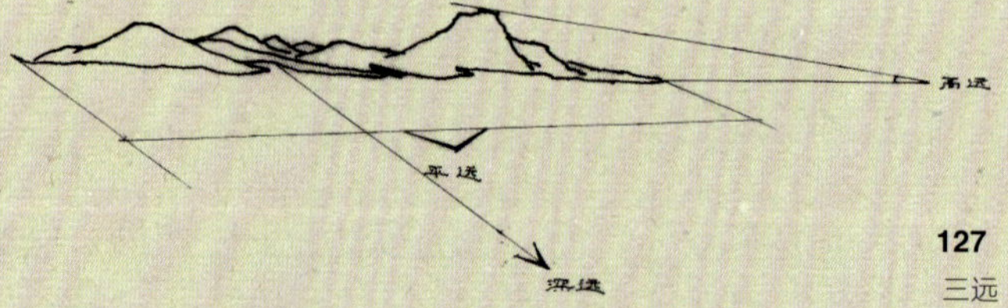

127

三远

侧面又如此，背面又如此，每看每异，所谓山形面面看也。如此，是一山而兼数百山之形状，可得不悉乎？”这讲的是山的空间造型与变化。高远相当于山的立面处理（图128），深远即山的进深与交伏变化，平远就是山的面阔与曲折逶迤的变化（图129）。一般高远、平远较易得，而深远难求。深远反映山的厚度和层次变化，因而非常重要。由外师造化而得两山交伏、子山拱伏、虚实并举和树木掩映，都是创造深远切实可行之法。高远主要是布置峰峦。山高而尖谓峰，山高而圆谓峦，山高而平谓顶，峰峦起伏相连成岭。峰峦忌等距对称，所谓笔架山形体现古人用以表达盼望当地出文才的吉祥象征，不宜为自然山形之师。峰峦宜平面错落，高低起伏，疏密合宜。

三远与视点的位置相关，因此与山道的布置相关。山道与等高线垂直穿过山脊者，人居高而两旁俱下，具有险峻感，如黄山之“鲤鱼背”。山道贯穿山之谷线，则人居下而周仰山，具有人入山的怀抱之感，如避暑山庄松云峡（图130）。山道应主要选谷线，同时也以边沟或磴道解决了以谷线汇水和排水的问题。山道与等高线平行多用于山麓或山腰带状布置，多为上岩下坡而居中的道路平坦。

山之三远是结为一体的。在组织山形山势时要加以组合，“一收复一放，山势渐开而势转。一起又一伏，山势欲动而势

129

130

128

假山“三远”之“以近求高”——北海琼华岛

129

假山“三远”之平远——网师园“云冈”假山

130

避暑山庄松云峡御道

长”。山之面面观是指面面俱到而不是面面并重，其余的面也因相应观景视线而逐级布置。步步移指游览路线与山体间的视角关系。山路基本是蜿蜒的，路弯即视线转折所在。山景结合双向流动的视线布置，以步移山异为追逐的境界。或高或下，或偏或正，或险或夷，或陡或缓，或丘或壑，或树或石，或花或草，寻求富于变化的步移景异效果。

其四是“胸有丘壑，虚实相生”。

一般造土山的通病是有丘无壑、多丘少壑、浅丘浅壑或接丘成壑。不仅排水泛滥而下，而且山形僵硬呆滞。所谓胸有丘壑，指二者相依相生，凸出为坡岗，凹进成谷壑。《园冶·相地·山林地》中说：“有高有凹，有曲有深；有峻而悬，有平而坦，自成天然之趣。”这是真实的写照，典型地反映了有真为假的依据。用等高线把山的真意概括出来，并密切结合现代社会生活功能的需要。以丘壑为山的主要组合单元来设计土山，犹如文章一道，由字组句，组句成段，结段为章，构章成篇。等高线在平面上的走势既有转弯半径大的大弯，也有中弯、小弯。弯的面向也要有变化，弯间距离不一。弯之大而浅者可延展而环抱山麓以下的地面，如草地或水面等。一般而言，阳面的土山谷壑较平阔，而阴面的土山谷壑则较深邃，具有所谓“半寂半喧”“北寂南喧”的空间性格。坡、谷皆可分岔，支垄又可分级。主谷分出次谷、小谷，逐级派分，可二至多分，且呈不对称的分派。两边山高、中间谷宽，明显较山的高度为小，且两山间夹水者称峡。因此，峡是一种相对空间的比例差，而并不是绝对的尺度。长江三峡因山高夹江显得狭窄，但从江中船上观岸上的人却极小。峡是封闭性极强的，可直可曲，常有急弯。山间之谷如两边山高与谷宽之比值趋小，谷的封闭性相对减少则称峪。两边山高与谷低的比值再降低，封闭度也随之降低，则谷衍生为沟。不同的封闭度在光照、湿度和土层厚度、肥力的生态差别下形成相互适应的植物群落。

承德避暑山庄的山区自北而南分别称为“松云峡”、“梨树峪”和“榛子沟”就反映了生态景观的衍变特色。中国文字中带山、石、水偏旁的字很多，可查阅《尔雅·释山》和《尔雅·释水》等词义，一般从《辞海》中可找到解释。这可以丰富设计者对山、水、石组合单元的认识，结合身历自然山水的踏查则可相互印证，加深印象。

其五为“独立端庄，次相辅弼”。

这是《园冶·掇山》中的一句话。山的拟人化还表现在有主次、尊卑的区别。有爷爷、儿子、孙子之分，故最重要的山有人也称作“祖山”。堆山的首要原则是宾主之位必须分明，从高度、体量、形势等各方面都要分明。次山在体量和高度方

131

132

131
主山须是高耸，
客山须是奔趋

132
［宋］范宽《溪山行旅图》（台北故宫博物院藏）及《芥子园画谱》所录主客山的山水布局

面略大于主山之半，以此类推。从动势来分析，“主山须是高耸，客山须是奔趋”，客山向主山奔趋，主从之情谊就有所反映了（图 131 ～图 134）。

其六是“岗连阜属，脉络贯通”。

山依高度大致可划分为峰峦、山岗和土阜三个等级，所谓“岗连阜属”也就是“脉络贯通”的具体化。支脉走向多与山之主脉垂直或成一定夹角，主脉派生支脉，支脉再衍生下一级的支脉，都要有连贯和归属。连贯也不是绝对不断，山可断而势必连。自然山也反映出一脉既毕，余脉又起的脉络规律。

其七便是“透迤环抱，幽旷交呈”。

133

134

133
自然山水中的“主山高耸，客山奔趋”——黄山

134
假山艺术中的“主山高耸，客山奔趋”——环秀山庄大假山

人喜欢投入自然山水的怀抱。山之坡岗犹如人的臂膀，可围合成敞开、闭合和半封闭等各种性格的空间。人入山怀即置身于深谷大壑之中，由此得幽观之感受。于山穷水尽之际骤然将如臂膀的坡岗敞开，豁然开朗，则出现“柳暗花明又一村”的旷观景色。

我曾经在邯郸赵苑公园中设计了一座树坛，坛地面就是一座土山，基本可以印证以上造山理法，因为用地为30米直径的圆形，我只能在圆的范围内变化（图135）。除却自限，当更容易做出变化。而今土山追求大，但还做不出层级的变化，这是值得深思的。

土山的单体与组合主要有以上几点理法。

掇山从布局而言，除了与土山共同的理法外，由于可坚壁直立，便可能创造更多的属于石山或山石带土的性格。宋代郭熙在《林泉高致》中说：“山，大物也。其形欲耸拔、欲偃蹇、欲轩豁、欲箕踞、欲盘礴、欲浑厚、欲雄豪、欲精神、欲严重、欲顾盼、欲朝揖。欲上有盖，欲下有乘；欲前有据，欲后有倚。欲下瞰而若临观，欲下游而若指麾。此山之大体也。”以上概括了山体性格的多面性。

理水与造山是相辅相成的两个环节。作为水景序列而言，由源至流大体为：泉、池、瀑、潭、溪、涧、湖、江及海。某

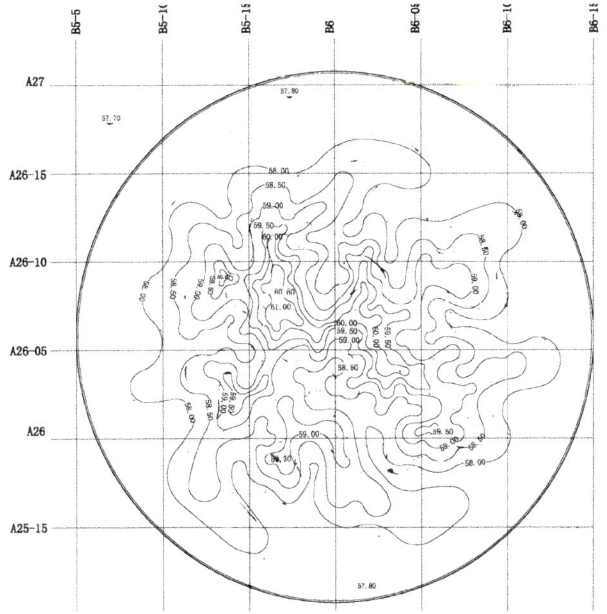

135

邯郸赵苑公园树坛

平面图及模型

处的水景仅是截取其中某一段。水陆交叉的景观有：湄、岸、滩、汀、岛、洲、堤及桥等。水，作为生命的源泉，是产生生物及生物生存的主要生态因子。中国从来把治水作为国家大事，涉及生态、水运、农田灌溉和造景等多方面的综合治理。历史上不少名园都是在综合开发水利资源的生产中，因水成园的。

理水之法一是《园冶·相地》所强调的“疏源之去由，察水之来历”。

世界上的水都是水自然循环的组成，园林中的水是城市水系的一部分。水景又是城市绿地系统规划的重要组成部分。城市水系是随历史的时间长河而变迁的。北京在建金中都时建立了金代的水系，建元大都时由郭守敬主持建立了元大都的水系。明清以降，虽然也沿用了元大都的水系而屡有调整和修改。到今天实施“南水北调”后，北京的水系又有新的调整。无论单体园林内的水系还是城市水系都要“疏源之去由，察水之来历”。后一句话是传承历史水系，前一句话是组织新的水系。乾隆建“清漪园”时就对相关的历史水系做了相当仔细的调查。从昌平的白浮泉到流经的地带都做了调查研究。除了考察文献、碑碣外，还认真地测量从泉源到清漪园的水位差。在此基础上，成倍地扩展前湖，开辟后溪河。不仅承担了北京城水库的作用，灌溉周围的农田，还通过后溪河将水输送到东面的圆明园。在宏观水系的基础上做清漪园的理水，才取得今日颐和园的综合水利和优美水景的观赏效果（图 136）。

理水之法二为“随曲合方，以水为心”。

水的形态外观是水景的基础。大海、湖泊虽难窥其全貌，触目之处亦存在水的形态问题。对于城市园林中体量不是很大的水体而言，水形态的景观影响就更大了。水景亦有整形式、自然式之分。“随曲合方”是随自然地形、地貌的地宜和结合人工建筑布置来探索水体的平面和空间造型。水无定形，落地成形。但人有能动性，可以在“人与天调”理念的指导下随遇而安地理水之形（图 137）。

杭州西湖地质上属于潟湖，即海水退入海后留下的内陆湖。南、西、北三面环山，形成山中有湖的天然水景。天然水景是朴素的自然美，不见得尽合人意。如北山南面的孤山与湖东岸不衔接而形成孤岛断连，于湖之东西交通和游览都不方便，为水所隔，失其贯连周游之关系。于是，以白堤连接孤山，苏堤沟通南北。这样就出现内湖、外湖及西里湖的水景空间划分。白堤在断处安桥而有“断桥”之胜，苏堤根据西湖水自西而东，以及苏堤以西杨公堤上六桥的水流贯通线，又建了“苏堤春晓”为景区的六桥。为了疏浚西湖沉积的泥沙，防止葑草蔓

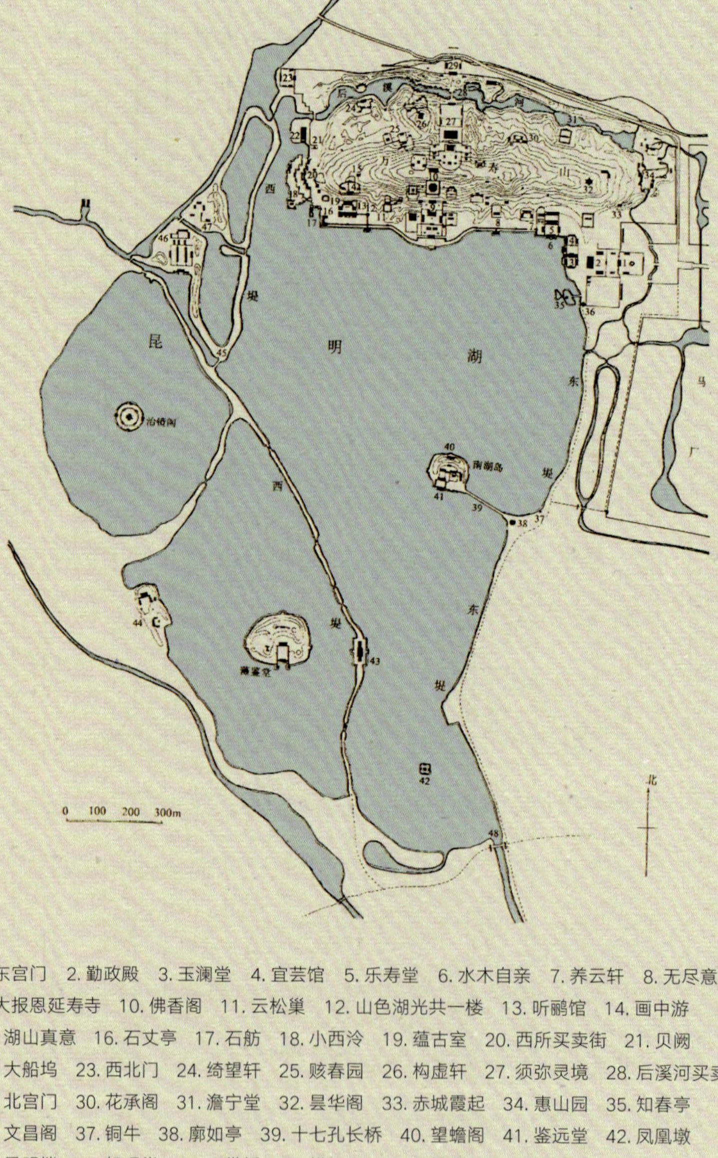

1. 东宫门 2. 勤政殿 3. 玉澜堂 4. 宜芸馆 5. 乐寿堂 6. 水木自亲 7. 养云轩 8. 无尽意轩 9. 大报恩延寿寺 10. 佛香阁 11. 云松巢 12. 山色湖光共一楼 13. 听鹂馆 14. 画中游 15. 湖山真意 16. 石丈亭 17. 石舫 18. 小西泠 19. 蕴古室 20. 西所买卖街 21. 贝阙 22. 大船坞 23. 西北门 24. 绮望轩 25. 赅春园 26. 构虚轩 27. 须弥灵境 28. 后溪河买卖街 29. 北宫门 30. 花承阁 31. 澹宁堂 32. 昙华阁 33. 赤城霞起 34. 惠山园 35. 知春亭 36. 文昌阁 37. 铜牛 38. 廓如亭 39. 十七孔长桥 40. 望蟾阁 41. 鉴远堂 42. 凤凰墩 43. 景明楼 44. 畅观堂 45. 玉带桥 46. 耕织图 47. 蚕神庙 48. 绣绮桥

136

乾隆时期清漪园总平面图（清华大学建筑学院,2000）

137
“花港观鱼”“随曲合方”平面图

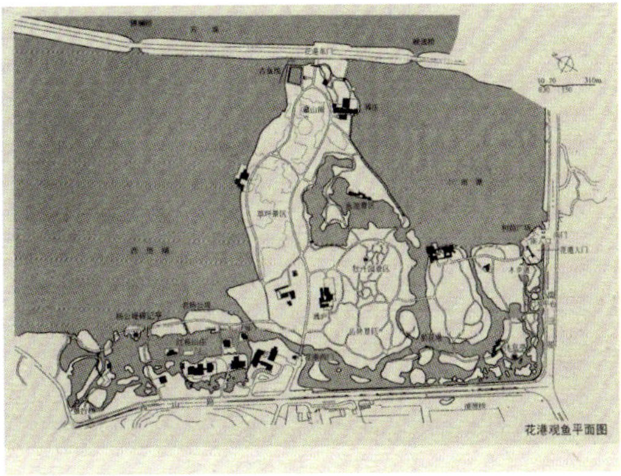

延堵塞，至明代又将所挖湖泥就近堆成“小瀛洲”。小瀛洲以堤围湖，于围中作十字堤沟通，从外观岛以成其大，是为湖中主岛，位于西湖西南，苏堤以东。于是形成湖中有岛、岛中有湖的复层水面结体。明代所挖浚之泥还堆为湖心亭，清代以疏浚之泥造阮公墩。三岛主次分明，呈不等边三角形构图。一篇风景名胜区水的文章由三个朝代分别写就，承前启后，宛若出自一人之大手笔。西湖因此便由朴素自然美的“山中有湖”结体，演进为以人工辅助自然的“山中有湖，长堤纵横，湖中有岛，岛中有湖”的复层山水结体，其形成过程体现了景物因人成胜概的风景艺术创作过程。历史形成的三岛、两堤、一湖的结构，已经成为人们心目中臻于完美的艺术形象。因此，近年疏浚西湖的泥沙就不宜画蛇添足，转而用以建设太子湾公园了（图 **138**）。

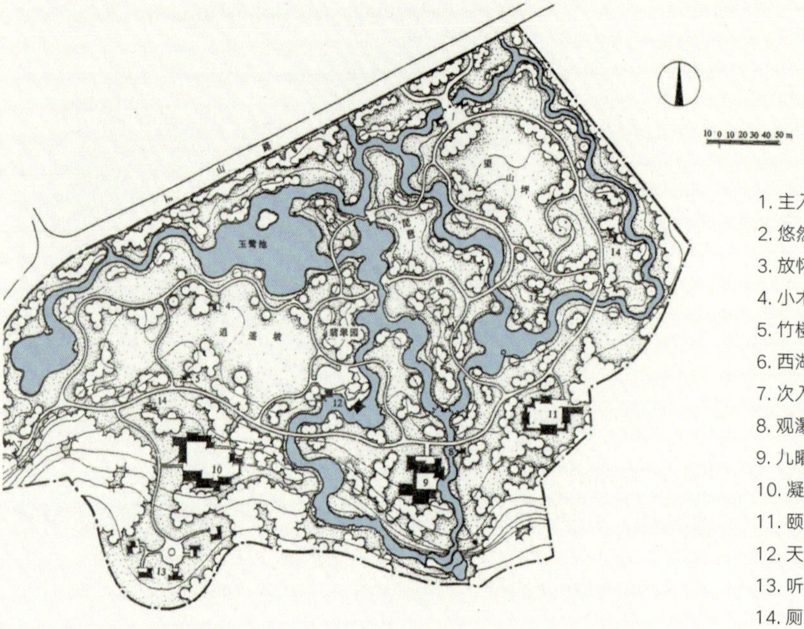

1. 主入口
2. 悠然亭
3. 放怀亭
4. 小木屋
5. 竹楼
6. 西湖引水纪念亭
7. 次入口
8. 观瀑亭
9. 儿曜楼餐厅
10. 凝碧庄
11. 颐乐园
12. 天缘台
13. 听涛居
14. 厕所

138
太子湾公园

小瀛洲若“田”字形而近方，湖心亭呈不规则块状，阮公墩呈圆形，各有微观形体的变化，而又可组合为“三山”的岛群。“因境成型”是矛盾的普遍性，“随曲合方”为矛盾的特殊性，也是人工顺从自然的要理。

由潟湖经人为适当加工形成的西湖创造了杭州的风景特色，可活学而不能死仿。扬州学西湖而根据本地的实际情况，利用地宜造水景，取得异曲同工的效果。扬州的西湖紧紧地抓住一个“瘦”字做文章。因为这里原来是扬州的护城河所在，长带状水系呈曲尺形直角转折，不可能做出杭州西湖那样以山环水、丰盈广阔、长堤纵横、三岛点缀的块状湖。造园者认识到城河发展为长河如绳的瘦形水系同样可以取得上等水景效果，于是就捕捉了一个“瘦”字。自南而北穿过红桥后，根据自然地形在长带形水体中又以狭长的岛屿纵分水面，形成瘦中益瘦的特色。并且在曲尺形转弯处重点布置“小金山”“二十四桥”等景点（图 139）。出于游览交通及营造水景的需要，又在小金山和二十四桥之间横跨饶具特色并有地标作用的五亭桥（图 140）。

方与圆乃图形之基本。我国古代有“天圆地方”之说，故取圆形的天坛祭天，挖方形的方泽祭地。圆明园以战国末哲学家驺衍“大九州说”为依据设计了“九州清晏”景区（图 141 ～图 143）。中国的别称为“赤县”“神州”，小九州以水分隔，外有“裨海”环绕，呈圆形。而其东的“福海”据“相去方丈”之说成形，故福海的造型为方。苏州“网师园”以渔隐为师，故水池取法渔网之形，有纲有目，所谓纲举目张。网之目近方形而纲作为收网之口，其形窄长而多曲。从网师园水池的平面图可以看出这种由意境而决定的水形。如单纯从造型而论，则由此启发我们由方之隅变方为曲，也是随曲合方的一种延伸和变异。

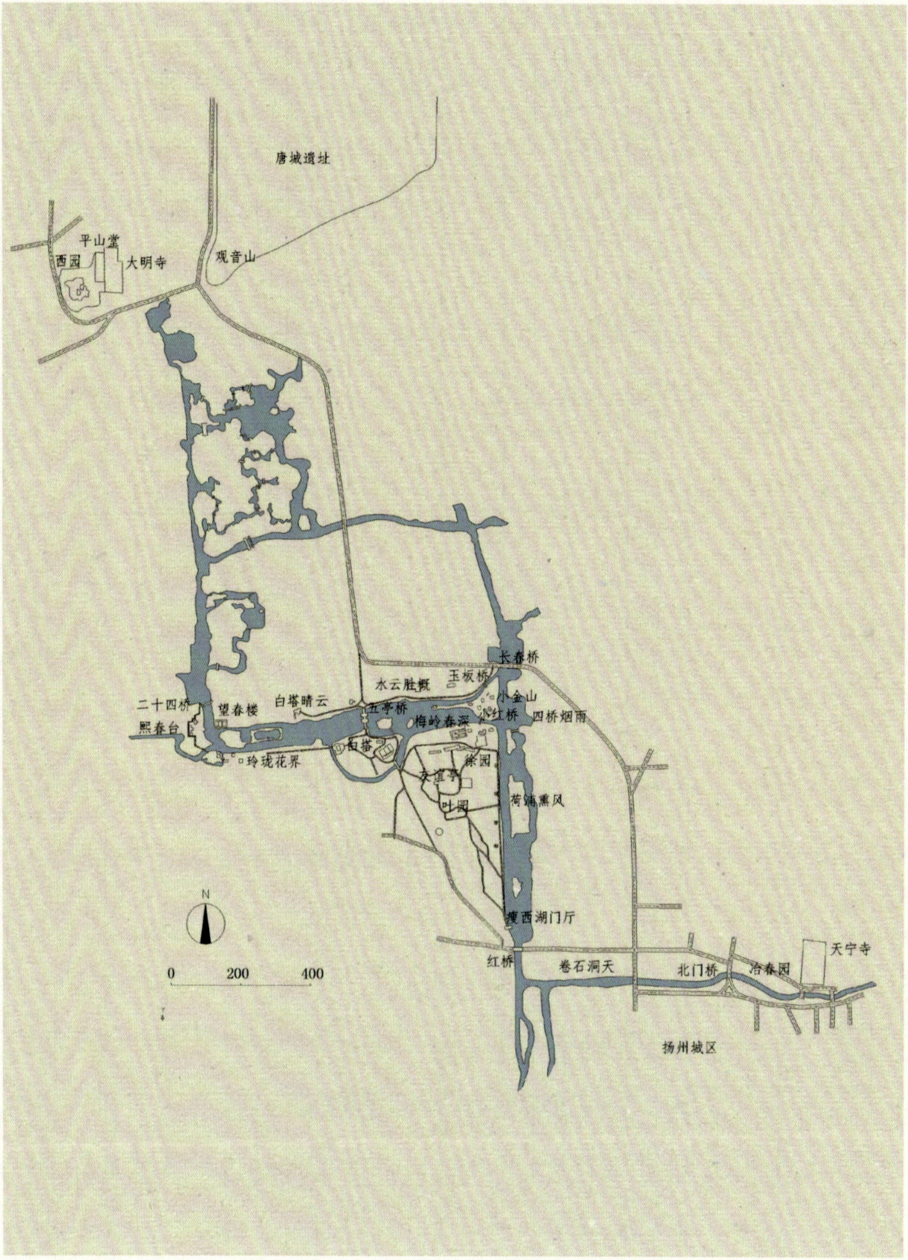
唐城遗址
平山堂
西园
大明寺
观音山
长春桥
水云胜概
玉板桥
小金山
二十四桥
望春楼
白塔晴云
五亭桥
梅岭春深
小红桥
四桥烟雨
熙春台
白塔
玲珑花界
徐园
文道亭
叶园
荷浦熏风
N
瘦西湖门厅
0
200
400
红桥
卷石洞天
北门桥
冶春园
天宁寺
扬州城区

139

瘦西湖平面图

140

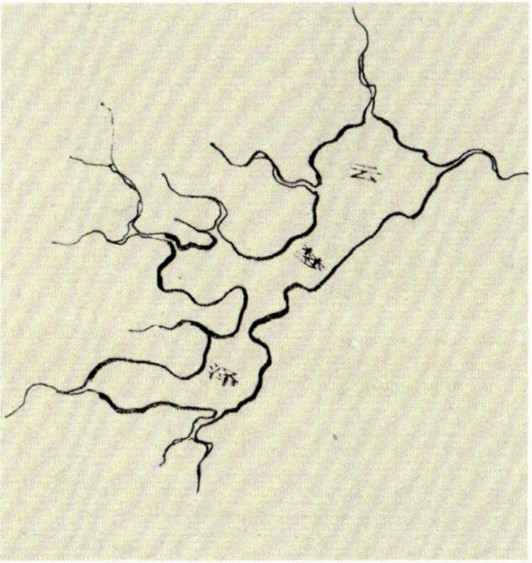

141

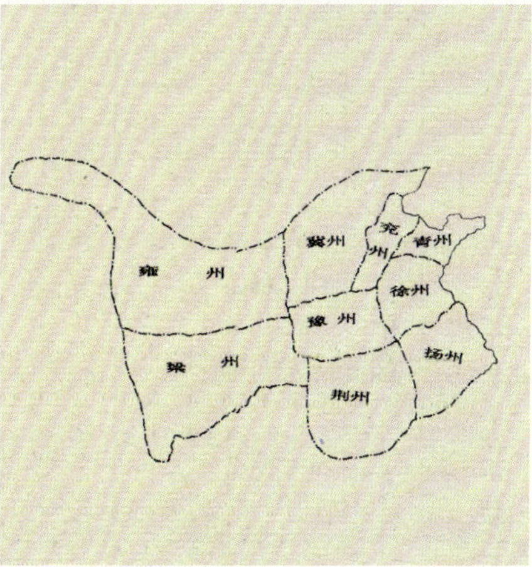

142

140

扬州瘦西湖五亭桥

141

云梦泽河湖相衔图

142

战国末哲学家驺衍
“大九州说”

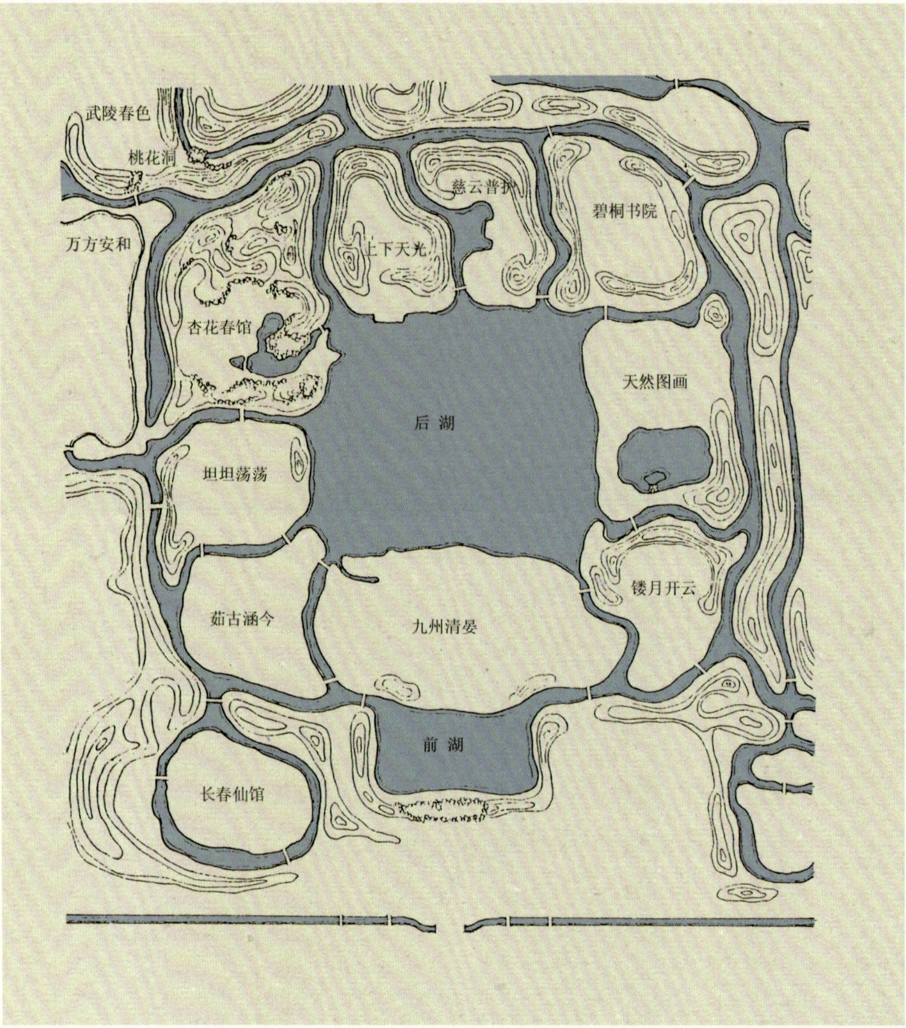

143

圆明园九州景区平面图

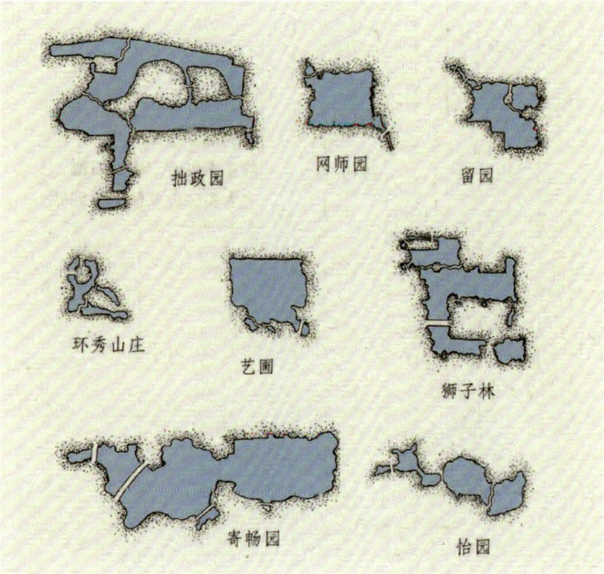

与建筑相衔接的水池或湖面往往先“合方”，以后再随地形的曲折变化。以水为心，说明了一般山水的结体是以山环绕水，水在园中的布局位置也多为心部（图 **144**）。诸如江南私家园林、北京皇家园林，不论全园或园中园，多是以水为心、构室向心。如利用天然水体，亦有置于园边的先例，如苏州之“沧浪亭”（图 **145**）。

144
江南私家园林的水体平面图（张家骥，2004）

理水之法三为“水有三远，动静交呈”。

水之三远为阔远、深远和迷远。阔远，说明要有聚散的变化统一。所谓“聚则辽阔，散则潆洄”。水之聚散是相对、相辅相成的。在符合使用功能的前提下，水的性格宜兼具辽阔与潆洄。仅以北京皇家园林而论，水多以聚为主，散为辅。北海“太液池”与“琼华岛”相组合而成“太液秋风”之壮阔水景（图 **146**），在其东南却以潆洄之水湾相辅。圆明园在沼泽地的基础上将自然水面并联以求其阔。“九州清晏”、福海和园中园的

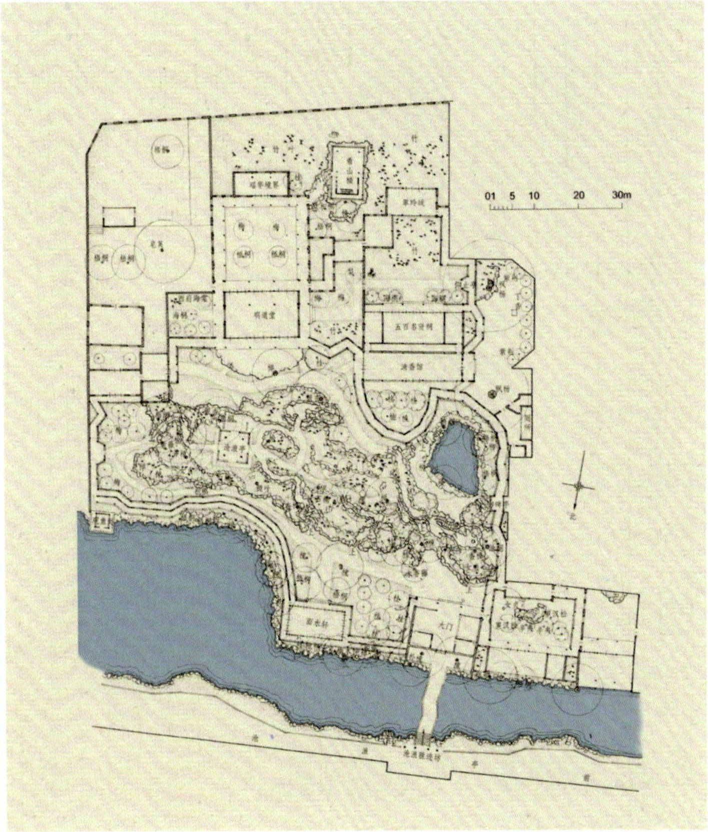

145
苏州沧浪亭
总平面图

中心大多布置于以聚为主的水面（图 147），又用曲折水道联系辽阔水面。颐和园前湖汪洋浩渺、堤岛分隔，而后溪河却以长河如绳之势，极尽委婉潆洄之能事（图 148）。

阔远关乎聚散，深远关乎景深的厚度与层次，迷远指水景布置若入迷津。两山或两岸的树木、水草交伏其中，令人莫知水径前景。待循水湾转折迂回才一片大明，着重强调明

146

晦的变化，以及水影、水雾的营造（图 149）。

“动静交呈”指尽可能兼有流动的水景和静止的水景。圆明园、颐和园都以静止的水景为主，但局部也利用地形高差做跌宕的水体，如谐趣园的玉琴峡（图 150）和霁清轩的清音峡（图 151）等。圆明园亦有瀑布和跌水设计，有“动水”才有高山流水的山水清音。所谓水乐洞、无弦琴（图 152）、八音涧（图 153～图 156）等都是“动水”造成的效果。

146
“太液秋风”
（李飞／摄）

147
福海平面图

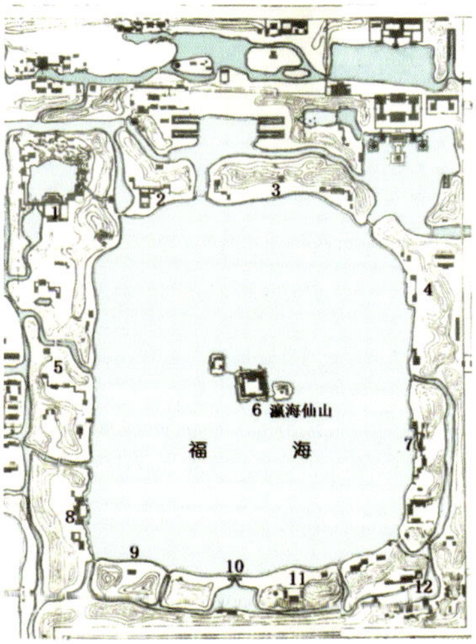

147

1. 廓然大公
2. 半湖秋月
3. 双峰插云
4. 涵虚朗鉴
5. 溪月松高
6. 蓬岛瑶台
7. 接秀山房
8. 澡身浴德
9. 碧万顷
10. 夹镜鸣琴
11. 广育宫
12. 别有洞天

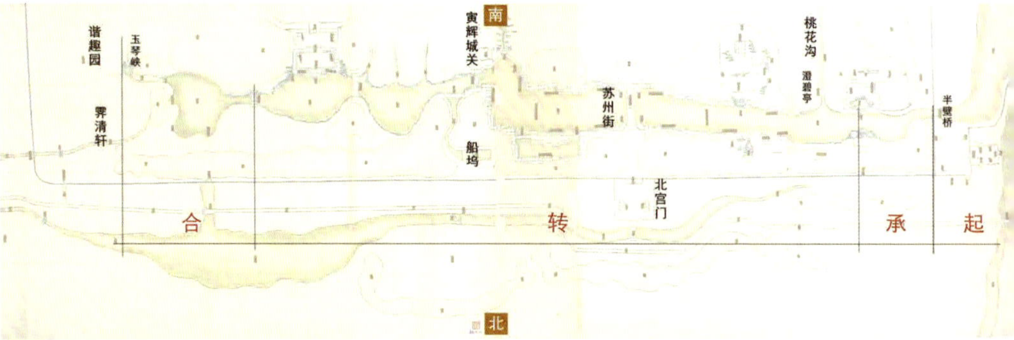

148

149

148
颐和园地盘图中后溪河的曲折水道（原图国家图书馆藏）

149
颐和园后溪河看云起时的曲折水道

理水之法四为“深柳疏芦之写照，堤岛洲滩之俨是”。

水景空间划分与组合的手段主要是：筑堤、布岛、留洲和露滩。要着重观察自然水景的组成单元、组合规律及富于变化的组合形式，追求“宛自天开”之俨是。如带状水体有：江、河、溪、涧。其中有纵分水体的分水岛屿。其基本形状为朝上游方向的岛头钝，而朝下游方向的岛尾相对尖锐。因朝上游的方向分水的同时不断受流水冲击，故而钝；下游方向水经分复

150

151

152

150

谐趣园的玉琴峡

151

霁清轩的清音峡

152

无弦琴

154

153

153

八音涧步石分流

154

八音涧之动水

155

八音涧谷口“之”

字石矼变化

156

八音涧高层泉源与

源下石潭

155

156

合，两面的水流交汇，于是岛尾因水力的作用而呈尖形。

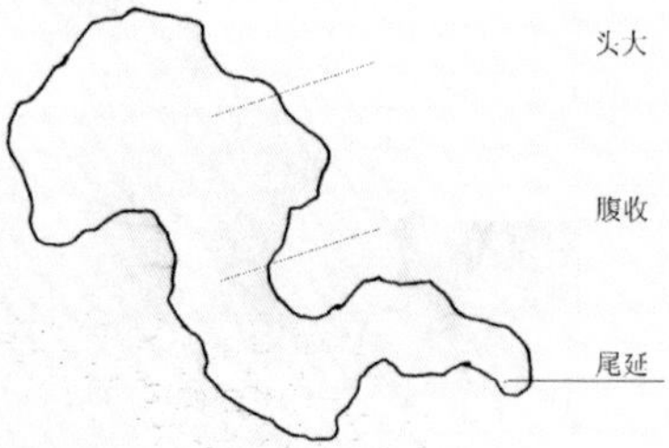

157
岛的拟人化——头大、腹收、尾延

就分水带的宽度而言有主次、内外之分。一般主水道居外侧且宽，次水道贴近水湾内侧且窄。岛有块状和带状之别，因地制宜而不以定镜求西施。大面积的块状岛宜在避风处做水港。岛、水之际的曲线有所变化。若需尺度大而又堆土不足，可考虑以岛围水成其阔。带状岛则应避免线条几何化，几何化即人工的痕迹太强。岛的拟人化要体现在视岛的形状为动物模式，生动形象，可有头、腹、尾的意象。头大、腹收、尾延。平面上做收放、广狭、曲直、深浅之变化，随遇而安，贵在自然（图 **157**）。

堤有直曲之分，和“道莫便于捷，而妙于迂”同理。又因形就势，当直则伸，宜迂则曲。堤的宽度不宜等同，应有较大对比性。窄者仅容交通之需，宽台可布置亭榭等建筑和山石、树木。最忌“中间一条路，两边两行树”的呆板布置。堤的主要作用是贯通水空间和增添水景层次。堤可以与岛结合布置。承德避暑山庄的“芝径云堤”是一种堤岛结合的范例（图 **158**）。

《园冶·相地·江湖地》谈道：“江干湖畔，深柳疏芦之际，略成小筑，足征大观。”其中“深柳疏芦”一词概括性地点出了适应岸边水际的主要两种植物的代表，可以延伸为水生植物、湿生植物与水景的处理关系。实际上湿生的乔灌木和草本花卉的种群和品种都很丰富，它们对具有地带性的水景有很重要的作用，工程方面还可起到护土固岸的作用。

重庆市园林局曾用数年的实践研究了乔木根系护岸的作用。试验前大家都把握不准块石护岸和岸壁直墙内侧能否种树的课题。树的根系如果过于扩张，将护岸的块石挤开，破坏了岸壁怎么办。于是，尝试种植了大叶榕（当地称黄桷树）。两三年后将护岸壁石拆开观察，发现其根系形成很密的一层网，紧紧地包贴在岸壁内侧。由此证明了大叶榕根系可护土固岸的论点（图 159）。

158
承德避暑山庄“芝径云堤”

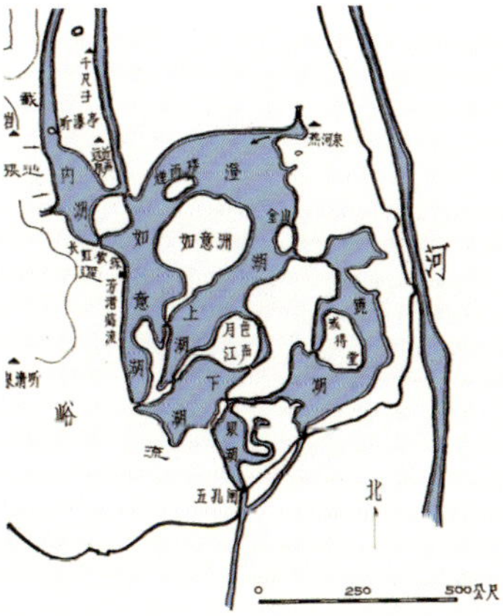

159
大叶榕根系可以护土固岸（孟兆祯摄于香港）

理水不仅与水岸景观紧密联系，而且也与水上建筑息息相关。最后一点理法为《园冶·立基》所说："疏水若为无尽，断处通桥。"及《园冶·江湖地》中所提："漏层荫而藏阁，迎先月以登台。"中国传统文化讲究"莫穷"。文学教人写文章要意味深长、反复缠绵，最终也不得一语道破。绘画讲究意到笔不到，笔有限而意无穷。园林理水也追求有不尽之意。桥固然因交通需求架桥跨水，从水景而言，要在疏水若为无尽之处，即断处通桥（图 **160**）。

杭州西湖于孤山断处通桥，是为断桥（图 **161**）。湖因有断桥而从南、北将湖划分为内、外湖，从而增加了水景的深远和层次。石桥低平缓拱，隔而不挡，理水奏效。扬州瘦西湖中段，由护城河改建的水体东西冗长，以五亭桥横隔，则将狭长水面分为东、西两部分（图 162）。桥东有吹台相向，白塔耸于桥南端，加以后来建的凫庄从东南向低平地归附于五亭桥。五亭桥西又有二十四桥的景点呼应，左呼右拥，桥之构图中心的作用昭然若揭。其他支流架桥也多循此理。

水边若需建筑，则必向水，以水为心，但求远近明晦之别。近者迎先月以登台，所谓“近水楼台先得月”。杭州西湖之“平湖秋月”典型地体现了“迎先月以登台”的理水之法（图 163），而像“望湖楼”那样的“漏层荫而藏阁”的做法就很普遍了。至于“引蔓通津”之理法，为水岸之一边或两边种植攀缘植物，沿桥栏或桥壁攀缘覆盖，由此岸而达彼岸。

160
杭州西湖断桥的“断处通桥”

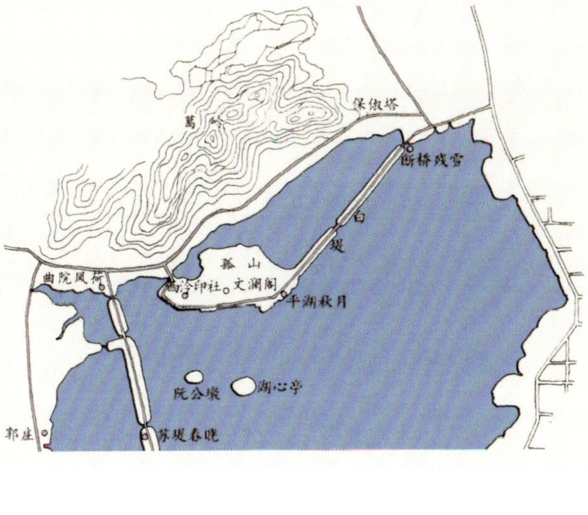

161

162

161

杭州西湖断桥

162

扬州瘦西湖的五亭桥

苏州“环秀山庄”由池之西南角引出的平石桥尚可见安栏或搭铁架之石孔，其桥名“紫藤桥”，可以想见是为“引蔓通津”之作（图 **164**～图 **166**）。

《林泉高致》中谈水的性情有如下一段文字：“水，活物也。其形欲深静、欲柔滑、欲汪洋、欲回环、欲肥腻、欲喷薄、欲激射、欲多泉、欲远流，欲瀑布插天，欲溅扑入地；欲渔钓怡怡，欲草木欣欣；欲挟烟云而秀媚，欲照溪谷而光辉。此水之活体也。”

文人自然山水园的布局，山水尤为重要。实际上就是阴阳或黑白的布局，要点是和谐。

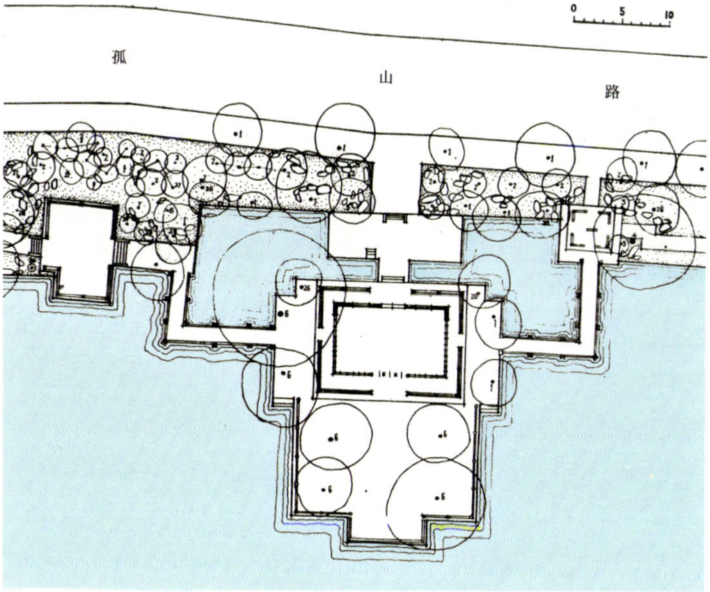

163
杭州西湖之“平湖秋月”平面图（局部）

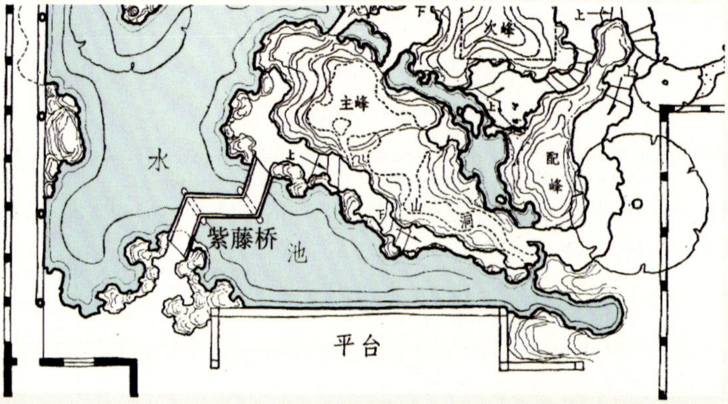

164

165

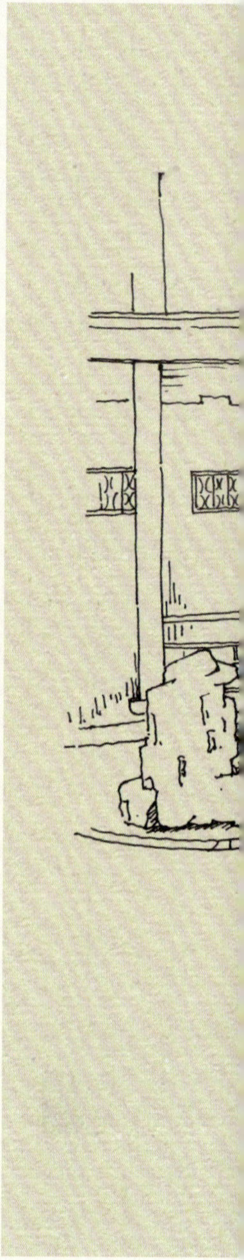

164

环秀山庄平面图（局部）

165

紫藤桥

166

紫藤桥之“引蔓通津”

园林建筑布局

很难给园林建筑下一个定义。是否可以说，在成景和得景方面独有所钟地显示与自然环境之间不可分割的密切关系，并以文化欣赏、游览休息为主要使用功能的建筑统称为园林建筑。因此，在风景名胜区或城市园林用地范围内的建筑不一定都是园林建筑，而具有上述实质性定性的建筑虽不在风景园林中，但都可称为园林建筑。

中国传统园林建筑主要类型有牌坊、影壁、堂、厅、馆、亭、台、楼、阁、廊、舫、桥、栏杆、碑碣和花架等。建筑创作之源是环境，世上没有完全脱离环境的建筑，但以居住或公共活动为实用功能的建筑也有成景、得景效果很出色的，但终究不是作为文化、休息、游览的专用性园林建筑。园林建筑是作为园林组成的主要因素之一而存在的，本身就是园林环境的一部分，与自然环境关系密切的程度应该是更高的。人无论在风景名胜区、城市园林和大地景观中都必须有占总用地面积一定比例的建筑以避风雨、遮日晒及逗留休息、餐饮或观赏景致等。有关的园林设计法规对建筑占地比例都有明确规定。

在中国古代园林作品中，居住建筑与园林建筑之间互有渗透。这是古代园林中建筑比重大的一项特殊原因。不论宫苑或宅园都有客堂、书斋、戏台、绣楼、花厅等居住生活内容的建筑布置在园林中，因而占地比例较大，这反映出一定时代的特征。如果属丁庭园类型的，则建筑比重更大。现代公园、花园则不然，相对而言主要布置造景建筑、服务性和管理性建筑，因而建筑的比重就小多了。除此之外，反映在园林建筑布局方面也有所差别。

用地的定位与定性并结合地宜从环境中创作建筑是最根本的法则。“景以境出”和“因境成景”都说明同一道理。大地辽阔、壮观，气魄胜人。风景名胜区以自然山水为环境特色，人工建筑要凭依和辅佐自然。城市园林为人工再造自然，就以“虽由人作，宛自天开”为追求的境界。应统筹以下各方面的因素，由表及里地进行园林建筑创作。

首先是地形、地貌环境。《园冶》讲得很概括，“宜亭斯亭，宜榭斯榭”，这说明建筑要与自然环境相协调和适应。乾隆在北京北海琼华岛上的《塔山四面记》上做了专门的论述：“室之有高下，犹山之有曲折，水之有波澜。故水无波澜不致清，山无曲折不致灵，室无高下不致情。然室不能自为高下，故因山以构室者，其趣恒佳。”建筑有实用功能和与之相关的性格，山水组合单元也有拟人化的性格。把性格相近的组合起来就有相投的效果。比如，接近堂一类的建筑要求成景显赫而得景无余，而山之高处，峰、峦、顶、台、岭也都具有显赫的性格。水则水口、平湖比较开朗。这些山水组合单元就比较适合堂、馆、阁、楼的安置，同样居高的峰、峦、顶、岭又有各自的特色。因此，以山为屏，据峰为堂的模式便跃然而出。承德避暑山庄山区西南角的西峪，万嶂环列，林木深郁。在这片奥秘的山林中集中地布置了三组建筑（图167）。鹫云寺横陈于西向坡地，静含太古山房于谷间孤巘上高岗建檀。与鹫云寺相邻并与静含太古山房东西相望者，便是这个建筑组群中最显要的秀起堂。其北与龙王庙呼应，并与四面云山山腰的远眺亭相望。秀起堂从西峪中峰处据峰为堂，独立端严，高踞不群。环周之层峦翠岫以及据此设置的适地建筑也随之呈朝揖、奔趋之势向秀起堂从顺，秀起堂统率的景观地位便因境而立了（图168、图169）。

此地有秀美出众的山形水势。一条东西相贯的山涧分用地为南、北两部分。又一斜

167
承德避暑山庄山区西南角的西峪平面图（《避暑山庄总平面图》，风景园林专业实习指导）

走山涧由东北角南下与主涧直交为三岔水口，又分用地北段为东西。乍一看，地形高低参差，零碎难合，似难布置建筑。而“先难而后得”的理念阐明了难与得的辩证关系，因难而得。于似不宜建筑处因借地宜，既成则出奇制胜。北部山势雄浑，

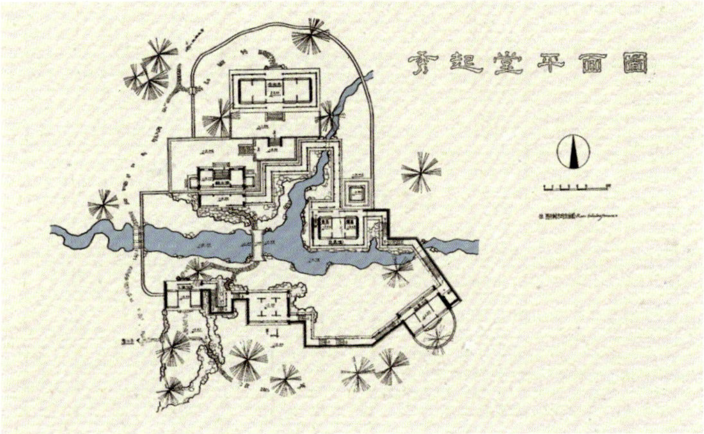

168
秀起堂平面图

169
秀起堂模型

有足够的进深安排迭落上下的建筑。而南部是一岭有起伏、高差不显、东西向的低丘地。除西面有鹫云峰可借景以外，山岭纵长而南面无景可借。如何将“Y”形山涧切割的三块山地合凑为一组有章法的整体，发挥峰谷和山涧的天然形胜，化不利为有利，便是本园布局的关键了。

作者成功之处亦在此。建筑化整为零以适应被切割的零碎地形，其单体错落因山形水势之崇卑而分主从。北部山地不仅面积大而且位居中峰之位，山势雄伟，峰势高耸，坐北朝南，负阴抱阳，最宜坐落主体建筑秀起堂。高台明堂的组合更加突出了峰孤峙无依、挺拔高耸的性格，堂为山峰增添了突兀之势。南部带状低丘便自然处于宾客之位，呈拱卫环抱之势趋向主山，构成两山夹涧、阜下承上的山水间架。北部之东段成为由客山过渡到主山、依偎主山的配景山了。清代画家笪重光在《画筌》中说：“主山正者客山低。主山侧者客山远。众山拱伏，主山始尊。群峰盘亘，祖峰乃厚。”建筑依附于山水，其布置亦循画理，顺应山水的性格安置建筑。整个建筑群并无中轴对称的关系，而是以山水为依托，因高就低地经营位置。

大局既定，单体建筑便可从总体中衍生，各自适应其特殊性的微观变化，因随遇之地势而安其形体。宫门三楹设于西南隅，承接鹫云寺东门之来向，立意朴素自然，取名“云牖松扉”。天宫立天门、皇宫为金阙，富家朱门、平民板门、村居柴扉。似这样以绕云为窗、掩松为门，那当然是世外桃源的仙境了。入门东折，立上升高4米的土山，坡长仅11米，却要求突然升高，造园者便用四折曲尺形急转而上的迭落式爬山廊衔接，通达低丘西峦上建的敞厅，斜对秀起堂，再东则廊延至东南隅，坐落经畲书屋。书屋为西北—东南向，西北与秀起堂呼应，东南自成半圆小院以成封闭宁静的书斋空间。刚中见柔，大方无隅。廊墙北转跨越山涧，再就势呈“之”字形西连振藻楼。楼居两涧交汇之水口，于低拔高，周围景色才得以凭借。楼北之廊转换为半壁山廊。由独立之廊墙转为依附于挡土直墙的山廊，随秀起堂台基边缘转折而西入绘云楼。入楼北转，通过明间的室内踏跺转登秀起堂，堂北以宫墙合围。

全园的路主要安排在廊子里，入园路线明朗多变、曲折回环，加以露天石级和山石磴道组成环状游览路线。入园必为爬山廊引导做逆时针行。出园则顺绘云楼南下，渡石拱桥而南即可出园。园路具有晦明、捷迂之变化。秀起堂占地总面积3725平方米，建筑占地面积1005平方米（约占全园总面积27%），山林面积2430平方米（约占65%），园路铺地为290平方米（约占8%）。园虽不大，据峰为堂，山林意味深长。

景观概括为两大类型：旷观与幽观。除峰以外，坡、台、顶都属于旷观的地形。泰山上的瞻鲁台（图 170），峨眉山金顶上的寺庙（图 171）及山中的清音阁（图 172～图 174），重庆石宝寨玉印山（图 175），江苏镇江金山寺，北京北海琼华岛上的白塔，颐和园的佛香阁与智慧海，上海豫园的望江亭（图 176），成都都江堰的宝瓶口（图 177），苏州拙政园雪香云蔚亭、绣绮亭和宜两亭等，都是同一类型地形结合的创作。虽然尺度差别很大，建筑类型多样，但就旷观地形地势而言属于同一理致。

另一类山水组合单元诸如谷、壑、坞、洞、岩、峡、涧、岫等，则属于幽观的地形，比较深藏的寺庙、书院、书斋、别馆则与之性格相近。泰山的后山腰有一处名为“后石坞”的景点，其外有天烛峰矗峙、遮掩，山谷向内卷缩而成一处石坞，这便成为一所尼姑庵绝妙的佳境。其地狭而不规整，因而不做

170
泰山瞻鲁台

171
峨眉山金顶永明华藏寺

172
峨眉山清音阁平面图、剖面图

173
清音阁

174
“双桥清音”

170

171

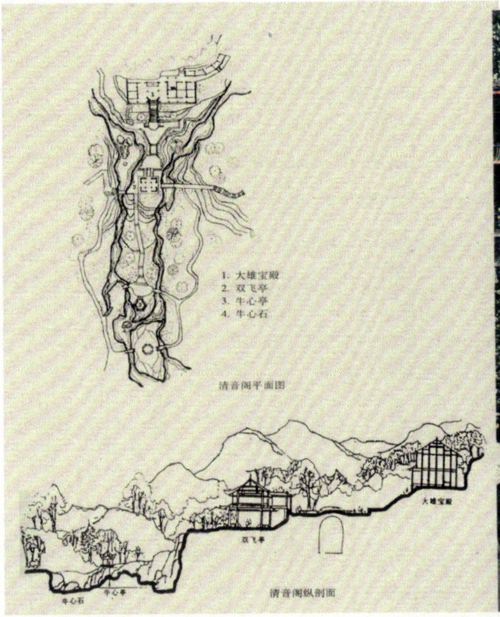
1. 大雄宝殿
2. 双飞亭
3. 牛心亭
4. 牛心石
清音阁平面图
大雄宝殿
双飞亭
牛心石
牛心亭
清音阁纵剖面

172

清音阁

173

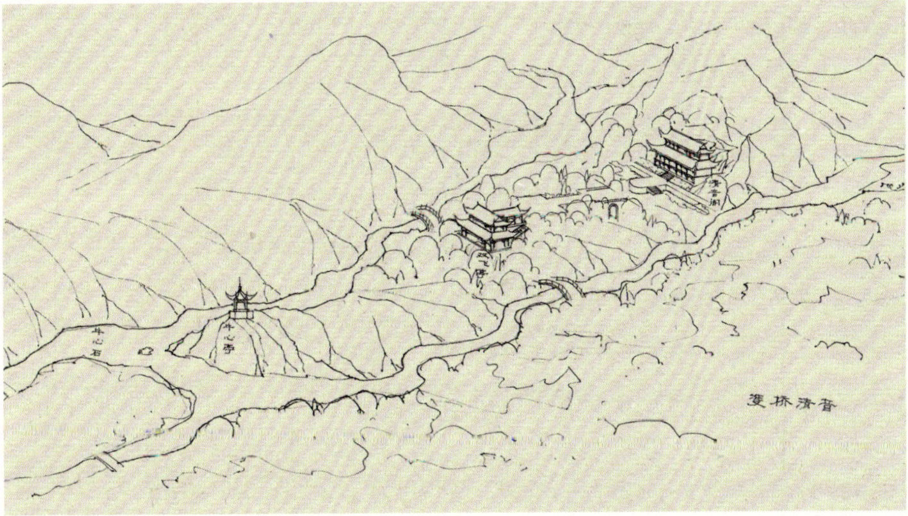
清音阁
双飞亭
牛心亭
牛心石
双桥清音

174

175

175
玉印山，重庆忠县石宝寨（《巴山渝水》，刘楚雄等编，重庆市园林事业管理局）

176
上海豫园望江亭（孟凡玉／摄）

176

177

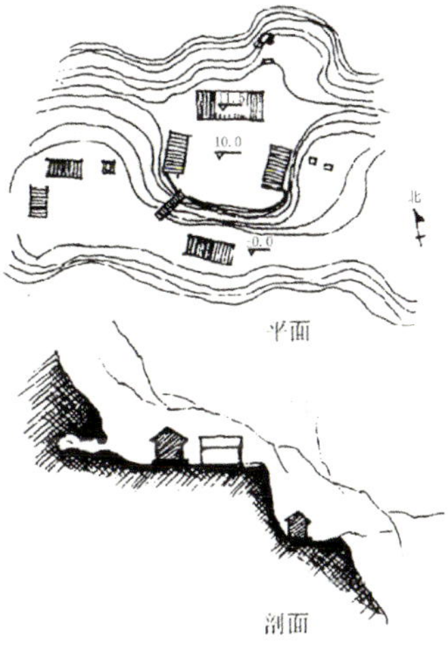

178

中轴对称的“伽蓝七堂”布置。山门引入石坞内，主要庵堂为一楼。楼外观两层，两层间还有一夹层。遇有匪警，鸣钟警报后，尼姑们可藏于夹层。山居必须有方便的水源，这里有上下两处泉水，庵堂的楼上楼下皆可直接通泉。庵内松林荫翳，野花斑斓，不仅生态环境绝佳，而且景色亦令人称绝。楼下的泉称为桃花洞，石质虽非石灰岩，但也自洞顶倒挂滴水而有若钟乳。水洞仅容数人，水质清澈甘洌（图178、图179）。

黄山自“仙人指路”，可转入常有云雾迷蒙的“皮蓬”（图180），尽

177
成都都江堰工程全景
178
泰山后石坞的平面图、剖面图

179

180

端是一处大山岩。可惜无福观光岩下之寺庙——已圮，但就环境可想见创作者相地之精与因借之巧。这是环状、接近马蹄形的一片悬岩与壑洞的组合，上岩、下洞，洞外为山壑，洞为深岫，并不相通。大片悬岩自山麓上方挑伸出来，下面完全是悬空的。风雨难以侵入，岩下便是悬岩寺。洞前于壑谷间又有石岗探出。石壁上凿有马蹄形坑可插足上攀，数步及顶，周顾皆成趣。云雾若幕，时开时闭，山在虚无缥缈中，令人忘形。浙江雁荡山有一合掌峰，实为一竖长山洞有如合掌之势（图 181），创作者竟在坡洞中建了一座观音庙（图 182）。洞中有裂隙水，

179
泰山后石坞

180
黄山“皮蓬”
（唐云 / 绘）

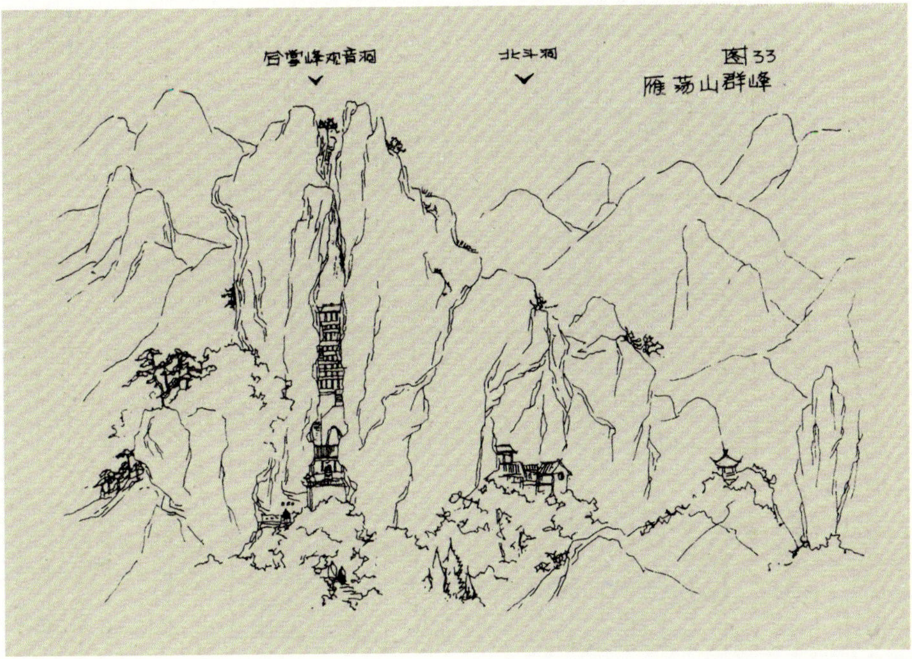

181
浙江雁荡山合掌峰
（《雁荡山群峰图》）

汇于洞门内一侧成池，山道傍池而上。洞内面阔不过数米，而进深较大，递层而山。寺庙建筑因台地错落布置，时左时右，形体玲珑。上至洞顶，山泉汇为小潭，名曰“洗心”。未想一罅中竟能做出有高下错落变化的精巧观音庙，令人叹服。

鞍山市千山风景区龙泉寺坐落在峰峦环抱的深壑之中。壑中建筑可居高远眺山外风景，自山外却很难窥见深藏山壑内的建筑，俗称口袋地形。这与山路布置有关，与其相对的高远之处不设道路，人无驻足处亦无视点位置，因而山外不见山内。及近，山路突转，而山合凑紧锁谷口，只容山涧自谷口山脚滑

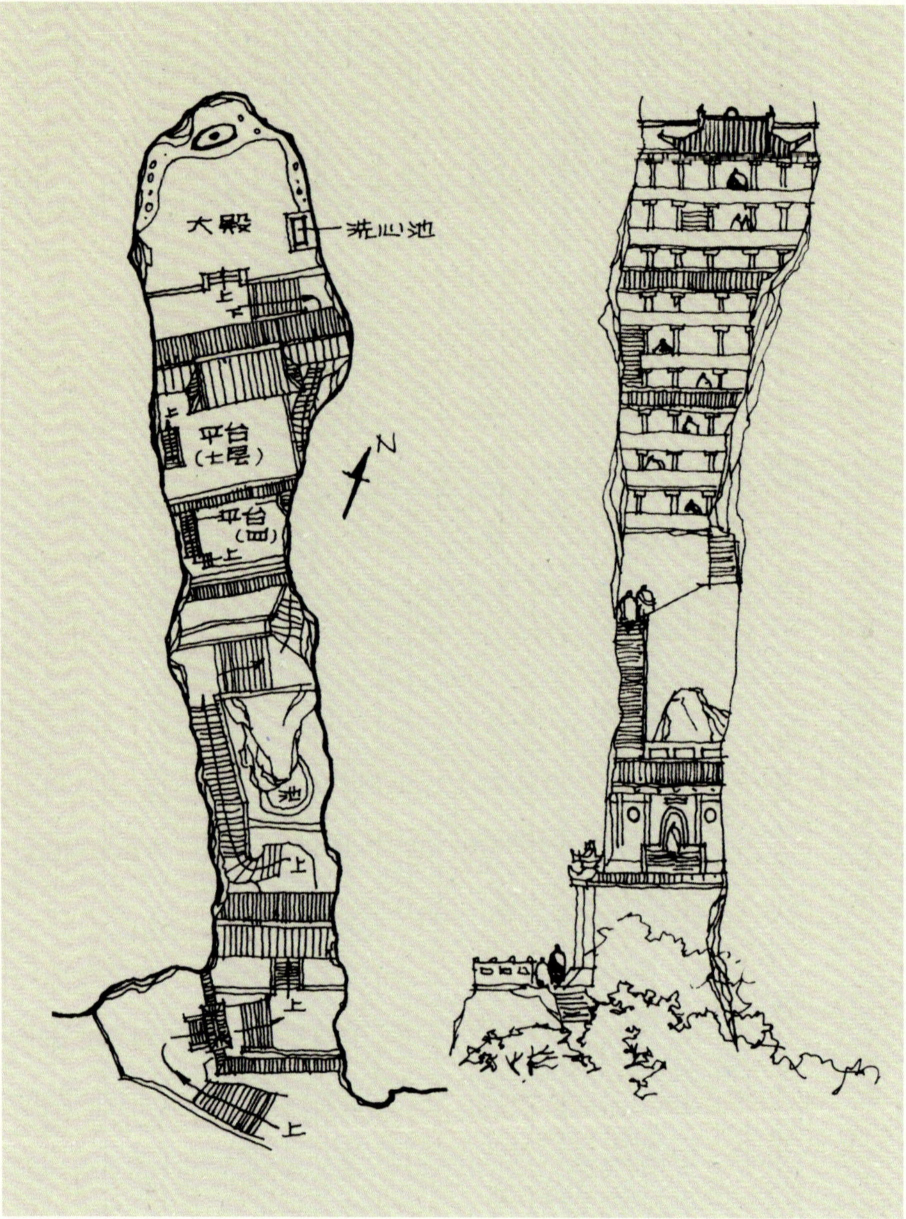

182

浙江雁荡山合掌峰观音庙（雁荡山合掌峰平、立面实测）

下，清音漱石。这种远不得见，近无足够视距，又有顿石成门的屏障的地形最宜作保密性的所在，如国宾馆之类的用地。山门是谷口，壑内是两谷夹一岗的地形，岗上自下而上坐落寺庙主要建筑，外围峰峦相宜处开辟向外借景的建筑，自是一番以山为屏的封闭景观。壑内是有高下起伏的环状自然山林，有如一口袋，袋口闭锁于石谷，仅洞门容出入。

山水相映的自然环境是园林建筑依托的最佳环境。就山水间架而言，是以山佐水，还是以水辅山，水是团块状，还是长河如绳的水型，还是分散的浒。作为风景名胜区，杭州西湖是块状的（图183），山水尺度和比例是得天独厚，但并不是完美无缺的。孤山东西未与陆地相衔，西湖南北向交通要绕行，湖面大而空，缺乏堤岛的分隔与点缀。结合疏浚葑泥，就地兴建横亘东西的白堤和纵走南北的苏堤。先后堆了小瀛洲、湖心亭和阮公墩。构成“山中有湖，长堤纵横，湖分里外，三岛散点，湖中有岛，岛中有湖”的复层自然山水的格局。建筑便沿湖边、堤上、

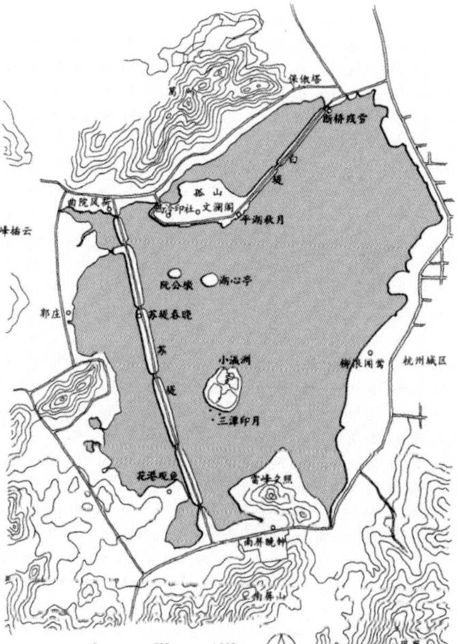

183
西湖两堤三岛

孤山上下、岛上顺应地宜布置。小瀛洲水面呈不规则“田”字形布置。建筑布局为曲尺形贯穿式，南起码头，贯穿中心而以“我心相印亭”为终端结点与“三潭印月”衔接。每座单体建筑都循“宜亭斯亭，宜榭斯榭”的理法定位和选型。

《园冶》谓：“亭者停也。”有深刻的含义。有如逛街购物，无中心店面和深受吸引的商品你是停不下来的。风景也一样，非到得景丰富、引人入胜之处是没有驻足、停留和欣赏的心情的。而此处亦有成景之需，那就需要安亭了。露台亦可观景，但不避风雨、不便就座休息，也没有楹柱构成的框景。但亭亦多式，平面和立面都有各种变化，如何选择呢？唯有“因境定形”。

比如平面呈三角形的亭，基本是一面作为进口而两面观景(图 184)。杭州西湖进小瀛洲，过了“九狮峰”后，石作平桥，作直角曲尺形向北伸展，于拐角处安置一个三角形的“开网亭”就非常得体。相当于直角之一隅，与折桥平顺相衔，一面进亭，两面观景。网开两面，捕捉成画山水。

无锡之“春申涧”(图 185)，峨眉山之“梳妆台”(图 186、图 187)都以三角亭与磴道正接或侧接，正接时路成直角转折，另两面正好观山谷上下之景。

峨眉山道旁一三角亭与路平行相连，亭内铺地因落实在地

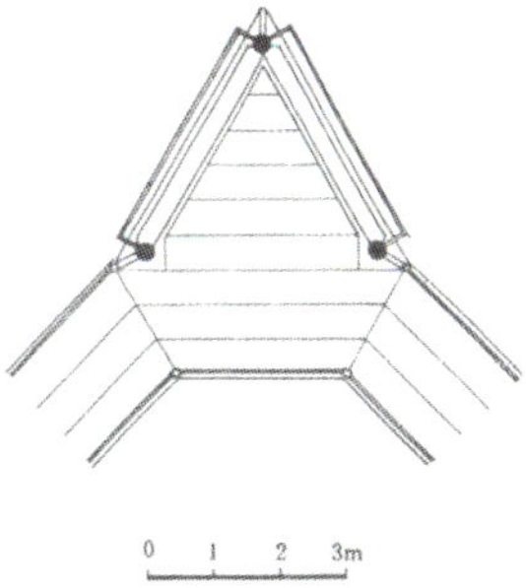

184
开网亭

面上的部分为大块卵石，而三角顶尖悬出的部分为木板铺架，匠心独运且因地制宜。由此可知，置三角亭于庭院中央孤立无依，或置于雄奇挺拔的天然石峰山顶都未与地宜吻合。从四方、六方、八方到圆亭都与借景的界面、所处地形以及园路布局有关。虽不说得景要面面俱到，也要得之八九方可定型。

避暑山庄小金山"上帝阁"是正六方形阁。阁之六面，随楼层高下，均可得理想的风景画面（图 188）。其所宗之镇江金山寺慈寿塔也是面面有景（图 189）。庐山上小巘傲立可环周俯瞰鄱阳湖景，故"望鄱亭"设计成圆亭。

中国传统有天圆地方的哲理，以象天地选型就另当别论了。亭平面的几何形，还有正、扁和曲折之分，都根据立意和地宜而随之应变。北京北海塔山北面中轴线上坐落了一坐扇面亭"延南薰"（图 190），立意出自《南风歌》。相传虞舜弹五弦琴唱

186

185

187

185
无锡“春申涧”的卧云亭，
2004
（卢仁 / 摄）

186
峨眉山“梳妆台”
（陈云文 / 摄）

187
峨眉山“梳妆台”平面图
（图片选自赵光辉《中国寺庙的园林环境》）

188
避暑山庄小金山“上帝阁”
（王欣 / 摄）

189
镇江金山寺“妙高望月”

188

189

190
北京北海塔山扇面亭“延南薰”（引自《北海景山公园志》）

此歌：“南风之薰兮，可以解吾民之愠兮；南风之时兮，可以阜吾民之财兮。”表达了君王祝愿人民消除病痛和生财有道的意蕴。乾隆意欲延展这种君爱民的传统而建此亭，借风与扇的因果关系而选定扇面为平面的亭型。扇骨朝前作铺地图形，以扇骨端重合点为圆心，得出扇面殿，其亭漏窗和几案皆取扇形。颐和园“扬仁风”亦因“扇被仁风”，借扇形为亭（图 **191**）。

上海动物园曾以扇面形亭作大众茶亭，方向与传统扇面相反。大面向外接纳饮茶者，内设弧状售茶台，近扇骨部分作为小储藏室，钢筋混凝土及块石结构（图 **192**）。苏州拙政园之雪香云蔚亭所坐落之土山，长于东西而短于南北，亭与山形走势相当，故取长方形（图 **193**、图 **194**）。而其东南之梧竹幽居亭（图 **195**、图 **196**），坐池东，向池西，西望“别有洞天”，景深层次都

191

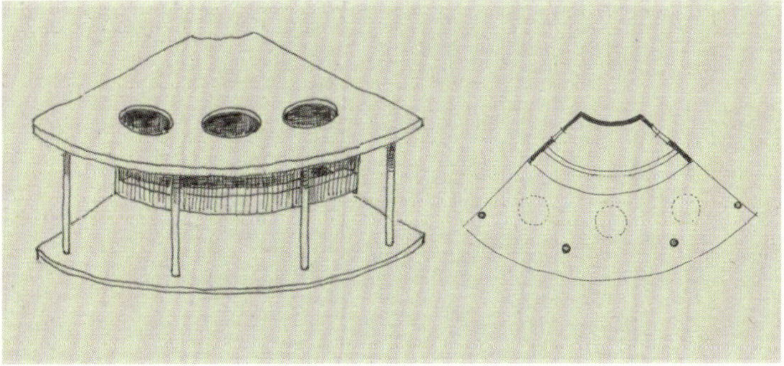

192

191

颐和园“扬仁风”（李飞/摄）

192

上海动物园扇面形亭的平面图

193

193
苏州拙政园雪香云蔚亭

194
雪香云蔚亭平面图

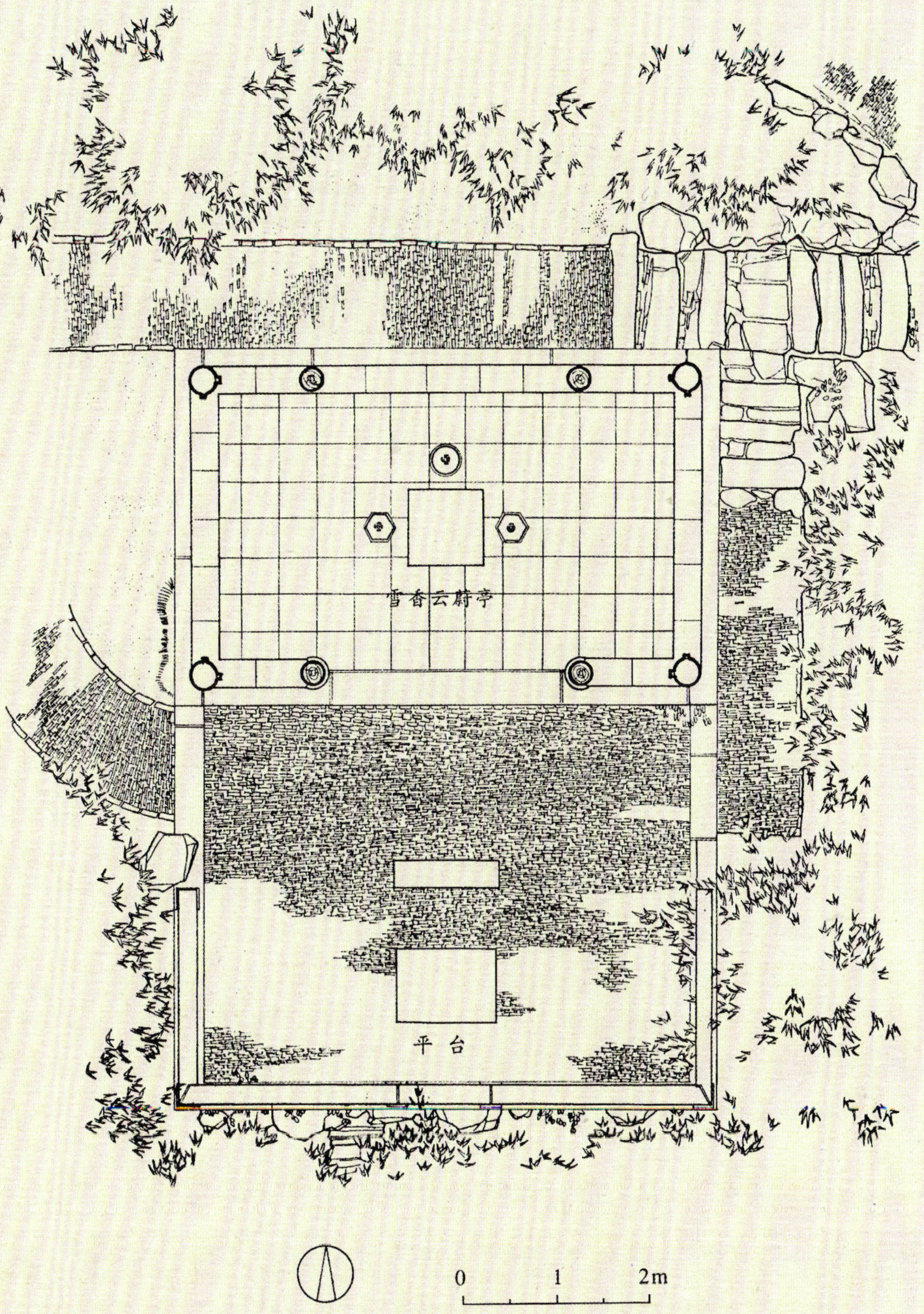
雪香云蔚亭
平台
0
1
2m

195

195
苏州拙政园梧竹幽居亭

196
梧竹幽居亭平面图

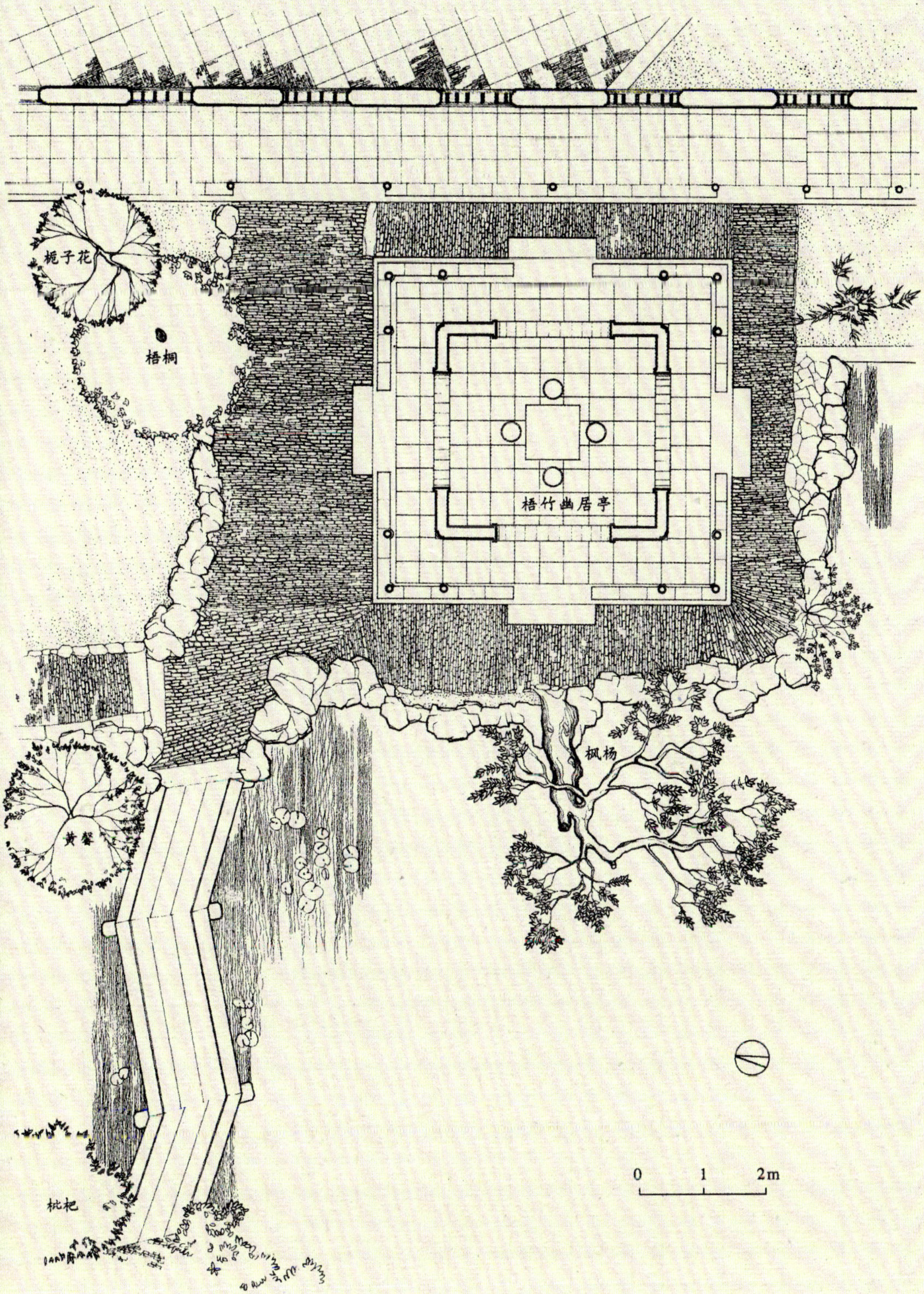
栀子花
梧桐
梧竹幽居亭
枫杨
黄馨
枇杷
0
1
2m

称佳境，居相对宽绰之地而成正方亭，外廊内墙，亭墙四面开正圆地穴，景物环环相套，蔚为大观。而居远香堂西北之荷风四面亭（图197、图198），借土堤成三岔形而居中成六角亭。若或石或墙，有壁可为依托，则可以半亭适应。苏州天池山有石壁立，石半亭依壁而生，极为浑朴自然。苏州残粒园栝苍亭坐落于邸宅山墙上方，下以假山为洞，穿爬山洞登亭。亭内利用墙面作博古架，向外可凭栏俯瞰全园山水，另一端则引桥而下（图199）。铁栏桥形踏跺以山石为支墩，二山石磡立面组合若环洞，于中可露出后面的墙和山石，是为小中见大之力作（图200）。

同一种亭子的平面形式，在不同地貌的条件下产生各种因地制宜的变化。南通马鞍山的仙女山麓，石岩悬空，石矶探水，其间安一亭。亭之屋盖与上面的石岩嵌合相衔一体，凿石阶下通石矶，石亭坐落石台上，将上方的悬岩、下面的石矶连成一个整体（图201）。

在通往成都都江堰二王庙的乡村山道转角处，傍岩临溪。为了方便游人歇脚休息和坐观静赏而建了一个重檐的矩形亭，亭在景观上成了连山接水的媒介。考虑到路亭有过境穿过的交通需要，亭与山岩间又架廊。廊之一头插入山石内，整合一体。路亭素木黛瓦，不雕不画，却显得相地合宜，构亭得体，木构有章，山乡气息甚浓（图202）。

桂林月牙山有大岩洞一处，外有一小石孤峦独峙于谷中。借洞建楼，枕峦头安亭。亭为重屋，自洞口有悬桥搭连于亭之楼层。广寒为月宫仙境，经这样随洞就峦的布置，不同凡响，真有些仙意（图203）。

北京北海静心斋之枕峦亭主要为了低处提升视高以因借外景。小六方亭建于假山之石峦上。虽是下洞上亭的结构，但实际上柱础都落在实处，洞道包在亭外潜过。石门半开的石扇承接部分压力而自然成景，引上亭子的石踏跺参差错落，较之人工石级朴野得多（图204）。

而避暑山庄烟雨楼假山上之翼亭却是上亭下洞的结构。亭与洞平面重合，亭柱落在洞壁或洞石柱上（图205）。

广东黄埔港近山处有长石矗峙无依，借长岗作长亭。为开阔前景视域，亭之屋盖呈船篷形，单柱支撑，下亦有若甲板探出而与岩石相接。长亭后座以粗犷的块石墙作地穴通到亭形花架，依花池迭落下来接山道自岗下绕出。亭极简朴而与长岗极为相称（图206）。

笔者在设计深圳风景植物园时，山湖间有一长形石岗斜探而出，令环路绕过，两端引小路盘旋上山岗。此处上可仰山，下宜俯瞰深圳水库，故定名“两宜亭”（图207）。前出矩形廊，

197

197

苏州拙政园荷风四面亭

198

荷风四面亭平面图

柳树
桃
柏
荷风四面亭
梓
榆
乌柏
柏
柳
0 1 2 3m

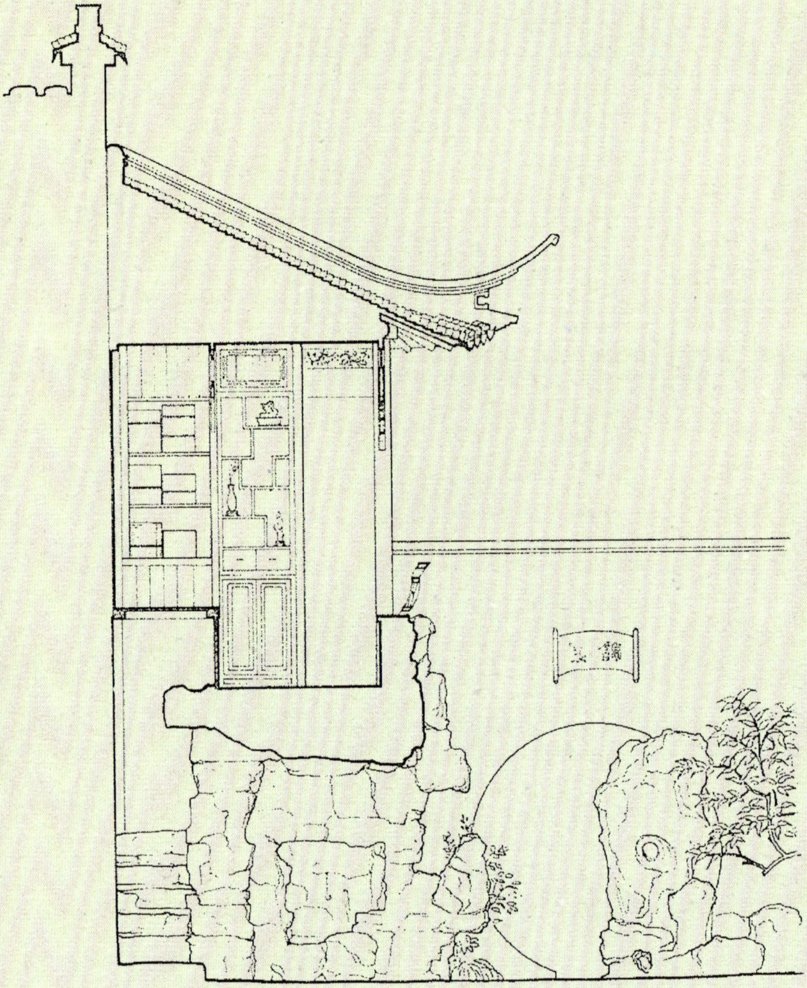

199

苏州残粒园栝苍亭剖面、正立面图

（从剖、立面可见亭内利用墙面所作的博古架）

200

201

202

200

苏州残粒园栝苍亭铁栏桥（达婷 / 摄）

201

南通马鞍山的仙女山麓，其间安一亭（孟兆祯 / 绘）

202

在通往成都都江堰二王庙的乡村山道转角处，为方便游人歇脚休息建造一个重檐矩形亭（孟兆祯 / 绘）

203

桂林月牙山借大岩洞建楼，枕峦头安亭（孟兆祯 / 绘）

203

205

206

204

北海静心斋枕峦亭

205

避暑山庄烟雨楼假山上之翼亭，上亭下洞

206

广东黄埔港近山处有长石矗峙无依，借长岗作长亭

207
深圳风景植物园
“两宜亭”

后接重檐方亭。块石墙地穴前额题：“瞰碧”，后额题“仰秀”，山岩间植以山林类的乔灌木或山花野卉，自成湖山景区间过渡的停留、休息之佳处。亭之理法如此，其他建筑皆然。

清代李渔在《闲情偶寄·居室部》中对建筑布置的宏观和微观都总结了经验而且语言生动。有关尺度与比例，他说：“开窗莫妙于借景，而借景之法予能得其三昧，向犹私之。乃今嗜痂者众，将来必多依样葫芦，不若公之海内，使物物尽效其灵，人人均有其乐。但期于得意酣歌之顷，高叫笠翁数声，使梦魂得以相傍，是人乐而我亦与焉，为愿足也。”他在西湖创立了船舫便面之形，四面实而虚中，只有二便面。“坐于其中，则两岸之湖光山色、寺观浮屠、云烟竹树以及往来之樵人牧竖、醉翁游女连人带马，尽入便面之中。作我天然图画且又时时变幻。不为一定之形，非特舟行之际，摇一橹变一象，撑一篙换一景。即系缆时风摇水动，亦刻刻异形。是一日之内现出百千万幅佳山佳水，总以便面收之。”他还创造了“尺幅窗”与“无心画”。“予又尝作观山虚牖，名尺幅窗，又名无心画。姑妄言之，浮白轩中后有小山一座，高不逾丈，宽止及寻，而其中则有丹崖碧水、茂林修竹、鸣禽响瀑、茅屋板桥。凡山居所有之物，无一不备。盖因善塑者肖予一像，神气宛然，又因予号笠翁，顾名思义而为把钓之形。予思既执纶竿，必当坐之矶上。有石不可无水，有水不可无山。有山有水不可无笠翁息钓归休之地，遂营此窟以居之。是此山原为像设，初无意于为窗也。后见其物小而蕴大，有须弥芥子之义，尽日坐观，不忍阖牖。乃瞿然曰，是山也，而可以作画。是画也，而可以为窗。不过损予一日杖头钱为装潢之具耳。遂命童子裁纸数幅以为画之头尾乃左右镶边。头尾贴于窗之上下，镶边贴于两旁，俨然堂画一幅而但虚其中。非虚其中，欲以屋后之山代之也。坐而观之，则窗非窗也，画也。山非屋后之山，即画上之山也。不觉狂笑失声，妻孥群至，又复笑予所笑。而无心画、尺幅窗之制从此始矣。”李渔把构思过程生动地传达给我们，而今已有玻璃等材料和工程技术，但应知当初先贤创业之艰。

植物种植布局

总体布局中的植物种植主要解决树种规划，种植类型的分布，乔木、灌木、花草以及常绿树种和落叶树种的比例，季相特色等。而在千分之一到五千分之一的总平面图上，只能概括地表现。植物是营造园林的主要因素，其布局主要随地形设计创造出来的环境因地制宜来构思和安排。树种规划已经体现了植物分布的地带性，有用“乡土植物”名称的。我同意朱有玠先生的观点，应该提“地带性植物”。因为植物分布的规律与城乡概念无关，而与地带性气候息息相关。地带性气候虽也随时间推移而变化，但这种时间是极漫长的。同一地带又因山地、平原、干湿等气候条件相应地分布着与该环境适应的植物群落。自然界植物分布是我们人工种植植物的良师，可以根据用地中不同地段特殊的小气候生态条件来选择与地宜相适应的植物。

植物的功能作用很多，为什么进入文化概念的只有“大树底下好乘凉”和“余荫后代”呢？说明“荫”最能概括树木的功能。不论从生态还是景观的角度讲，植物种植都应以乔木为骨架来组织乔、灌、草、花的人工植物群落。园林的小气候与大地的大气候还有所差别，我们不可能将自然界的植物群落原封不动地搬进园林，而是以地带性植物群落分布为主要依据进行人工植物群落种植。地带各有其气候的优势，也客观地存在不良的气象因素，我国北方干燥而寒冷、江南湿润而炎热、华南闷热、四川盆地多雾等，要因害设防和因境造景。为了缓解高温、干燥、日晒、大风、扬尘、噪声而各有相应的植物与之适应。有的放矢，方能奏效。至于生态和景观则是不可分割的整体。生态环境是人类生存的生理基础，而景观是观赏和游览的物质和精神文化的基础。生态环境到了不宜人的下限，人也就没有游赏的生理基础了。要风度，不要湿度，只限在一定幅度内，超限则风度不起来了。华南地带棕榈科的一些乔木是很能体现亚热带风光的。椰树很美，但椰树少荫也是客观的。海边种椰成林很好，而在日晒强烈之地如海口、三亚广泛用作行道树是不合适的（图 208）。有很多浓荫常绿阔叶乔木为什么不用呢？这是值得商榷和深思的。防晒降温一定要树冠高大、枝叶密生、层厚荫浓的乔木。露地防风选深根性树种，并有一定的透风能力。屋顶花园则选重心低的树木（图 209）。减尘选叶面积系数大、叶面可滞留尘埃的树种。减噪选枝叶浓密、有刺带毛、叶表面粗糙的树种，声音由于摩擦而逐渐消失。有污染的地方要选用相应的抗性树种。

按生态条件而论，一般用地可分山地或丘陵地的阴、阳坡。光照条件则因坡谷的高度和朝向形成不同的光照条件。以土壤

208

209

208

椰树广泛用作行道树不合适（中国城市规划学会《城市奇迹》）

209

屋顶花园选重心低的树木，奥斯芒德森设计的加州奥克兰市凯撒中心屋顶花园

（图片引自王向荣、林菁《西方现代景观设计的理论与实践》，2002）

含水量不同可将植物分旱生、一般湿度、湿生、沼生、浮生和水生。沼生植物生长的水深一般在20厘米，荷花要求水深50厘米左右。岩石多土壤少，或表层为岩石、下层为土壤的地适于岩生植物。欧美盛行的岩石植物园（Rock Garden）与20世纪后东方的高山植物、岩生植物引入欧洲有关。自然风致式的英国园林岩石植物园在这方面积累了很好的经验值得我们借鉴。如谢菲尔德公园（Sheffield Park Garden），上好的岩生植物园从山顶的乔木、山腰的灌木和花卉到山麓的沼生植物都是自然式种植（图**210**），再如威斯利花园（Wisley Garden），其中一种道旁、墙前种植的形式称花境（Border），以墙或深暗的绿篱为背景，以多年生花卉、球根花卉为主的材料块状或带状组合成为一个花境，按季节此起彼伏地展示花卉的自然美，很值得借鉴（图**211**）。

据王宪章著文《我国第一个岩石植物园》称："1934年建的庐山植物园中开辟了我国第一个岩石园。这里收集了各类岩石植物达600余种。这些植物在各自的岩石空隙成群结体，簇拥生长，有的倚石挺立，与周围乔木争雄；有的缠绕在岩石上枝蔓交错，光陆离奇；有的匍匐在石缝里，宛如一方方绿色的地毯。"当然还有沙生的环境，以河滩、海滩居多。专类园可算中国传统园林的一种园中园形式。唐代王维辋川别业的文杏

210

211

210
谢菲尔德公园的种植
（李健宏／摄）
211
英国威斯利花园花境
（李健宏／摄）

馆、木兰柴、茱萸沜、宫槐陌、竹里馆、漆园、椒园，北宋艮岳的万松岭、萼绿华堂、竹岗、杏岫、桃溪、芦渚、海棠屏、辛夷坞等，都是因景区独有的地形、地貌构成适于专类植物生长和繁衍的环境，故以专类园的形式集中种植。

就种植类型而言，有孤植、对植、树丛、树群、树林、草地、缀花草地、花草甸、花台、花池、花境、花坛、攀缘植物种植等。树林又分纯林、混交林、密林、疏林、疏林草地等。纯林虽单纯但因纯而气魄胜人，宜选寿命长、适应性强、少病虫害的树种。我国华北平原自古至今有自然的侧柏林分布，故北京的五坛八庙多有侧柏纯林种植，至今有800年至千余年的树龄，仍然生长健壮（图**212**）。有些树种如国槐，虽然树龄也有数百年，然老态龙钟，空心枯枝，呈现出一种败落的景象。松也有天然纯林，但一旦病虫害暴发，很难控制，故宜有所混交，如华北地带的松栎混交和江南地带的马尾松与毛竹混交等。树林宜乔灌木、花草复层混交，无论从生物多样性、植物群落

212
北京天坛侧柏林鸟瞰图（国务院新闻办公室，2006）

生态链还是景观优美等方面而言都是上乘。上木、中木、下木、林缘花灌木、地被浑然一体。从湿度、温度、光照和相生各方面均争取各得其所。对于强调光照、通风的用地，就不宜笼统提绿量越大越好、绿视率越大越好。这是对总体而言的要求，并不适宜每个局部。树群和树丛可以同种，也可以混合。要强调自然式种植，即使同一种树也要以不同树龄、不同形态来搭配，否则做不出相向、相背、俯仰、呼应、顾盼、挺立、斜伸、低垂、匐匐之态。自然的人化很讲究这些诗情画意的传统，植物种植不单纯是物质的自然体，人要赋予它们情态以表达美好的意境。

植物种植有整形式和自然式两种布置形式。一般来说，在大型公共建筑衔接处、具有纪念性所在和环境要求中轴对称的用地中用整形式，而大多数的城市用地宜采用自然式（图 **213**）。在城市景观人工化的今天，特别要强调用自然式布置的乔灌木和花卉种植来调剂过于人工化、几何形体化和硬质材料覆盖的建筑表层和铺地。即使是平整的大道，道旁绿地也未必一定要成行等距地种植，特别是修剪成各种几何形体等。把自然景观人工化，说得严重些是亵渎自然景观。中华民族的传统景观文化是内蕴人文外施自然面貌的景观，外观有若自然，有真为假，做假成真。欧洲则认为一切美的景物都是符合数学规律的。几

213
植物种植在大多数的城市用地宜采用自然式（中国城市规划学会）

何学产生于尼罗河两岸，几何式构图风行于欧美。

中国古代园林，特别是中小型的宅园或皇家园林院景广泛地应用点植，往往有谐音的吉利种植。

乔、灌、花、草自然混合。乔木总是骨架，灌木主要在树林中或林缘，在乔木为背景的衬托下垫出花灌木。灌木当然可以灌木丛、灌木片、灌木带的种植形式相对独立地成景。花卉也需乔灌背景衬托，既可万绿丛中一点红，也可以集中使用花卉种植，多用自播繁衍的 1 ~ 2 年生花卉和宿根花卉。欧洲花境的水生花卉种植多有值得学习之处，但在实际应用中也要设计出中国的特色。

草地是不可缺少的，但多少要以地带气候条件的特色而定。

草地也要定性，有观赏草坪游人禁入，也有供活动的草地。不一定都要修剪，狗牙根、野牛草、苔草等都可任其自然生长。但都要精心管理，要考虑轮流休养草地。古人喻植物为人的毛发。中国历史上有专类园的做法，物以类聚，集中则表现强烈。中国更讲究植物的人化。《广群芳谱》集中了我国数千年的人文资源，花皆有意、有韵，这是必须继承和发展的。

理微

七

理 微

7.

理微是细部处理，园林艺术要宏观、微观并重，如果没有优美的微观景物供人细品，还有什么孤立的精彩宏观布局可言呢？李渔在《闲情偶寄·山石第五》中谈及观画的方法时，论述了假山宏观景观的重要性："名流墨迹，悬在中堂。隔寻丈而观之，不知何者为山，何者为水，何处是亭台树木。即字之笔画，杳不能辨。而只览全幅规模，便令人称许。何也？气魄胜人，而全体章法之不谬也。"这是指远观，反之如果近取才可欣赏构图之精巧、笔法之刚柔缓急。此外，墨色之浓淡枯润、飞白、屋漏痕也都生动地渲染出画题的诗意，那才算是上品之作。

人说"兵不厌诈"，我说"景不厌精"。"远观势，近看质"，但不论土作、石作、瓦作、木作的细部，皆从因借产生，所谓"栏杆信画，因境而成"，就是买栏杆成品也要因境选型。古代园林尤其是古代私家园林，由于财力有限，占地面积和规模也随之有限，因此对园林有"日涉成趣"的要求。就这么一座私园，每天要入游而且每游每得其趣，这就要求有些景要精微布置，耐人寻味。就现代园林而言，又何尝不要耐寻呢？这些理微之景可以是建筑的细部，也可以是独立的小品，建筑室内外装修诸如石雕、砖雕、木雕、贝雕等。比如鹅颈栏杆用于水禽池合宜，而置于旱地或沙地就不见得合宜。再以门窗中的地穴（空门）而论，圈门式、八角式、长八方式、执圭式、葫芦式、如意式、贝叶式、剑环式、汉瓶式、片月式、八方式、六方式、菱花式、梅花式、葵花式、海棠式等都是《园冶》中列出之古式，在此基础上我们还可以创新发展，不同环境需要不同形式的空门，力求做到协调统一。比如茶室我们可以做茶壶式、盖杯式；再者，饮茶可清心，与清心有关的物象都可以用，如扇式、如意式、月洞式等。此外，还可细到砖雕、木雕、图案玻璃等，但都要从借景生创意，从意出形。植物种植是既宏观而又极精微的，从《广群芳谱》吸取如何因借（图 **214**～图 **219**）。

现存广州的陈氏书院就是一座理微的宝库。屋脊和砖墙的

214

215

216

217

214
木雕
215
川西古庙立面处理变化统一
216
川西古庙铸铁幡杆
217
川西古庙石照壁
218
留园“还我读书处”垂带
219
网师园砖雕

218

219

砖雕展示出许多历史故事。砖雕多为深刻的浮雕，立体感很强。一般构图都比较完整，如有行家介绍，每一幅都是一个故事。大部分建筑台阶的垂带很少见有细部装饰，而陈氏书院大门的台阶垂带做得十分精细，简繁合度，装饰性很强。大门石鼓，既大又精细。院内石栏、木栏，室内木雕落地罩等细部处理耐人欣赏（图 **220** ～图 **223**）。

河南开封有不少会馆，其中有一座琉璃阁，六面由不同花饰的琉璃砖组成，在变化统一方面大有文章。有一座会馆建筑檐下，有四季瓜果的木雕，琳琅满目，眼顾不暇。虽然颜色已褪，但形体和质感都令人动心。有些瓜果层层相套，有如象牙雕球中套球那样精致，令人叹为观止。

220
室内木雕落地罩

沈阳东陵墓壁上以琉璃作花瓶插花（图 **224**），乍看并不十分起眼，听导游介绍后才知，插花枝数就是清代皇帝的总数，其中一花枝萎靡不振，那是代表其中一位病

221

222

223

221

陈氏书院垂带

222

陈氏书院大门石鼓

223

陈氏书院屋盖

224

沈阳东陵琉璃墓壁

恹恹的皇帝。无独有偶，广东番禺的余荫山房也有壁上琉璃细作，我记不清在什么庙宇里有一独立壁上小品，导游能讲10分钟。这些都说明当细则细，宜精则精。但并不是所有局部都要细作，这一定要把握好。北京故宫御花园有雕砖卵石嵌花路，似路中锦澜，做工极精致。

广东四大名园之一——梁园中“十二石斋”可惜原址不存，但这十二卷山石仍然在世。这是园主人梁九图游南岳衡山后于归途买到的，主要是黄蜡石，但有以石代山的特点。主人有腿疾，年老后腿脚不便出游，便在地不盈亩的地面上造庭院。二石一盆，盆为石作。每天游赏，神游山水，吟诗作画，不尽欣赏。也有友人甚至不相识的宾客慕名而至，共吟同赏。对十二卷山石不仅终日游赏，而且终年把玩，如不是精致入微的构思，哪得深境如许。

封定

八

封定 8.

书法家和画家老了要“封笔”，演员老了告别演出要封台，这反映艺术家们为保证艺术的质量而采取相应措施。园林亦然，创作之始，不断完善，甚至可能有较大变更，但终有定局之时，不能无尽无休地变动，要稳定下来成代表作。杭州西湖的建设经历了唐、宋、元、明、清至今，二堤三岛的布局已稳定下来。所以新中国成立后疏浚西湖之泥土不再画蛇添足，而在西湖南面以“吹泥”塑造了太子湾公园的地形，这是正确的。苏州拙政园明清之交才堆土山划分水面，但布局既定也就稳定下来。

掇幽

九

掇山 9.

第一节 词义与概念

中国园林有一种肇发最早、独一无二的园林因素和造园技艺，这就是置石与掇山，它的产生与发展只能用“人杰地灵”和“天人合一”之文化总纲解析。中国盛产山石，但产石之国何止中国。石灰岩储藏量最丰富的国家是加拿大，但加拿大并没有肇发假山。人类社会都经历了石器时代，但中国却率先将生产工具的山石发展为造景手法（图 225、图 226）。而且古代造园有“无园不石”之说。何也？自有中华民族文化之根基。园林用石并非单纯出于物质材料之需。中国古人认为“天地有大美而不言”。从拙政园“卷云山房”楹联可见一斑，联曰：“花

太湖石

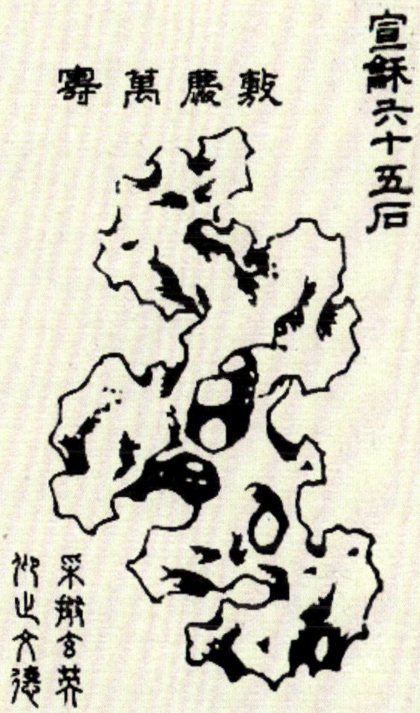
宣龢六十五石
敷慶萬壽

226

丑石与瘦石

227
“与石为伍”——
竹林七贤与丑石

如解笑还多事，石不能言最可人”。古人之爱石，不以石为物，而是人“与石为伍”（图 **227**、图 **228**）。

我们把零散布置而不具备山形的造景称为置石，而将集中布置而且造出山形的景称为假山。“假”这个字眼一般是贬义的，特别在外国人心目中更是如此。而中国文化以大自然为真，以一切人造的事物为假。园林从这方面含义来讲就是“有真为假，做假成真”，这也是置石和掇山的至理。恩格斯称人造自然为“第二自然”，有第一自然存在才可能出现第二自然。另一层意义是人不满足于大自然的恩赐，而是以人造自然不断改善居住环境。这便是“有真为假”的双层含义，即“有真斯有假，有真还为假”。园林循时代而进，一方面，不断满足人对自然环境在物质和精神两方面的综合要求，使之获得身心健康、养生长寿和持续发展，这是万变不离其宗的。园林建设若

228

“拜石为友”

——《米芾拜石图》

（转引自《海上藏宝录》）

出偏差，根源亦在此。另一方面，人造自然追求的理想境界是“虽由人作，宛自天开”。为什么不是“却是天开”而用“宛”字呢？首先是不可能，同时人们也不满足于淳朴的自然美。大自然是园林艺术取之不尽，用之不竭的宝库，但作为自然特殊一员的人能以劳动创造世界，其中包含对精神文化的追求。除人以外，大自然不能反映人的情感，因此以“物我交融”的文化艺术手段移情于物，将社会美注入自然美而构成艺术美，这就是“做假成真”的含义。此“真”非彼真也。中国文化视假山之假为褒义、假指以自然为师的园林艺术和技艺。是以真石、真土造假山，与现代以各种人工材料的假石假山有本质的区别。

建造假山通称造山，包括土山、土山带石、石山带土、剔山、凿山和掇山。计成口音是吴音，故在《园冶》中称掇山，即掇石成山之意。掇山代表中国假山的主要类型。真山受水蚀和风蚀等影响，它的发展在成岩以后是“化整为零”的过程，从碎岩到卵石直至成砂。而假山是以真石为材料，按照自然成岩的规律“集零为整”，掇山就是掇叠山石成山。

第二节　功能与作用

为什么有“无园不石”之说呢？客观上，石头可作为自然材料使用，具有一定实用功能，同时还具有造景的功能。因此，置石与掇山是中国园林使用广泛、运用灵活、外貌自然而内涵丰富的具象造园手法之一，为中国自然山水园频添游兴而又耐人寻味。就艺术而言，它秉承了田园诗、山水诗、山水画的文脉，从平面发展到空间，从第二讯号系统发展为身历的景观环境；从技艺方面，则吸取了建筑石作、泥瓦作等工程技术，逐步形成独特、优秀的中国假山技艺。历代假山哲匠为我们积淀了极丰富的经验。

置石和掇山具有多方面的综合作用。首先，可作为园林的主景和山水骨架。《园冶》所提“峰虚五老”以及苏州的五峰园就是说以置石为主景（图 **229**）。北京北海的静心斋（图 **230**）、香山的见心斋（图 **231**）、苏州的环秀山庄（图 **232**）、上海的豫园（图 **233**）、南京的瞻园（图 **234**）、杭州的文澜阁（图 **235**）、广州的风云际会等都是以假山为主景的园林。而北京之圆明园、苏州之拙政园等都是以假山为地形骨架，作为组织空间和分隔空间的手段。圆明园就“丹棱沜”沼泽地之水利，掘池堆山，作为创作景区和分隔景区的手段。颐和园仁寿殿西，以土石为主的

229

230

231

232

229

苏州五峰园

（孟凡玉 / 摄）

230

北京北海静心斋

231

香山见心斋

232

苏州环秀山庄

233
上海豫园
（孟凡玉 / 摄）

234

235

234
南京瞻园
235
杭州文澜阁

假山与耶律楚材墓分隔，并兼作划分空间的障景山。苏州拙政园入腰门后的黄石假山为对景和障景，并借翻山、穿洞、傍岩等不同的游览路线，发挥了“日涉成趣”和“涉门成趣”的艺术效果。

置石中的特置、散点等山石小品可以用以点缀庭院、廊间、漏窗、踏跺、墙角、池岸、水边、草际等（图 **236** ～图 **240**）。这些置石具有“因简易从，尤特致意”的特色，甚至可达到“片山有致，寸石生情”的高境界。

除此之外，叠山石可作护坡、驳岸、飞梁、汀石、花池、花台，也可与室外器设结合做成石屏、石榻、石桌、石凳、石栏等。假山的造景功能可与实用功能融为一体，与水体、建筑、园路、场地、小品以及植物组合成千变万化的综合景观，使人工建筑自然化，使建筑通过山石过渡到植物，以素药艳，化平板呆滞为生动，致雅生奇。臻化出妙不可言的人造自然景物，令人心满意足，耐人寻味。

236
置石点缀踏跺
（环秀山庄）

237

置石点缀漏窗

238

239

240

238

留园“涩浪”

（孟凡玉 / 摄）

239

置石点缀池岸

（艺圃）

240

南浔小莲庄

（陈云文 / 摄）

第三节　假山沿革简要

孔子“为山九仞，功亏一篑”之喻，说明古代筑山始于水利之疏浚，而将挖土堆积成山。明绘《阿房宫图》可见湖石假山，《汉宫典职》载：“宫内苑聚土为山，十里九坂”，《后汉书》载：“梁冀园中聚土为山，以象二崤。”这些文献都说明先出现筑土山，后出现掇石山。造山之始，以真山为准绳，悉意模仿，体量一般都很大。由于古人集诗人、画家、造园家等身份于一身，加以唐宋山水画不断发展，出现“竖画三寸当千仞之高，横墨数尺体百里之回”的画论，使假山从模仿逐渐提高到总体概括、提炼和局部夸张的阶段。

最早记载石山的是东汉的《西京杂记》：“袁广汉于北邙山下构石为山。”《魏书·卷九十三·茹皓传》载：“北魏茹皓采北邙山及南山佳石，为山于天渊池西。”在园林山石上镌刻文字题咏则始于唐代宰相李德裕。至北宋，假山造极，宋徽宗命朱勔以“花石纲”为运石船旗号，把江南奇石异花运至汴梁，兴造寿山艮岳，成为历史上规模最大、运距最远、石品最高和掇山最精的假山。《癸辛杂识》载：“前世叠石为山，未见显著者。至宣和艮岳始兴大役。连舻辇致，不遗余力。其大峰特秀者，不特封侯，或赐金带，且各图为谱。”宋以后“花园子”“山子”等从事掇山技艺的哲匠和技工迭出。从私人宅园到皇家御园，无不尚艮岳之风，只是规模不同。吴兴叶少蕴之石林负盛名，园居半山之阳，万石环之。他并不采石而是因山石之势剔出石景。明代后用石更广泛。扬州因园胜，园因石胜。稍后则苏州私园大兴，假山名园辈出。就中以清代戈裕良所掇“环秀山庄”最为精巧，是为湖石假山现存之顶峰。

戈裕良还参与建造常熟燕园。除湖石假山外，尚有黄石假山的大块文章。近世假山循时代而发展。明代南京瞻园重修工作由刘敦祯先生设计、王其峰师傅施工，增加了南假山，延展了北假山。杭州玉泉和“花港观鱼”（图 **241**）都有现代的新作品，北京奥运公园也兴造了假山作品（图 **242**）。

241
“花港观鱼”假山

242

第四节　石材

《园冶·选石》列出10余种石材，如果归纳一下，园林常用石材有几大类。

（一）湖石类

石质为石灰岩，循岩溶景观变化和发展。土中、水中、山中、露天皆有所产，尤以太湖西洞庭即苏州洞庭东山一带最著名。《姑苏采风类记》载："太湖石出西洞庭。多因波涛激啮而为嵌空，浸濯而为光莹。或缜润如圭瓒、廉刿如剑戟、矗如峰峦、列如屏障；或滑如肪，或黝如漆，或如人，如兽，如禽鸟。好事者取以充苑囿庭除之玩，此所谓太湖石也。”明代文震亨著《长物志》说：“石在水中者为贵，岁久为波涛冲击，皆成空石，面面玲珑。在山上者名旱石，枯而不润，赝作弹窝，若历年岁久，斧痕已尽，亦为雅观。吴中所尚假山，皆用此石。”(图 **243**)

242
北京奥运公园假山
243
现存天然太湖石岩床

实际上这是水溶解空气中的二氧化碳而形成碳酸腐蚀石灰岩体日久形成的，主要是化学作用而不是物理作用，含碳酸的

243

水浪激涌掏蚀形成玲珑剔透的形体。本来平的石面，经酸蚀而浅浅地下陷，初成“皴”，继而扩大成“窝”。继续向进深方向溶解则成“环”“岫”，“岫”被溶融而变成“洞”。如从面阔方向呈窄带形发展则变成“纹”，更深便成为“罅”和“沟”。沟洞可穿插，窝洞可相套，加以玲珑剔透、洞穴嵌空、空灵光莹、皴纹疏密、环洞相套的溶岩外观，所以古人常以瘦、漏、透、丑为湖石形象的评价标准。清代李渔著《闲情偶寄·居室部·山石第五》说：“言山石之美者，俱在透、漏、瘦三字。此通于彼，彼通于此，若有道路可行，所谓透也。石上有眼，四面玲珑，所谓漏也。壁立当空，孤峙无倚，所谓瘦也。然透、瘦二字，在在宜然。漏则不应太甚，若处处有眼，则似窑内烧成之瓦器，有尺寸限在其中。一隙不容偶闭者矣，塞极而通，偶然一见，始与石性相符。”皴为不平，丑为不方、不圆、不整（图 **244**）。

《园冶》谓太湖石，“苏州府所属洞庭

244
太湖石

山，石产水涯，惟消夏湾者为最。性坚而润，有嵌空、穿眼、宛转、险怪势。一种色白，一种色青而黑，一种微黑青。其质文理纵横，笼络起隐，于石面遍多坳坎，盖因风浪冲激而成，谓之弹子窝，叩之微有声。采人携锤錾潜入深水中，度奇巧取凿，贯以巨索，浮大舟，设木架，绞而出之。此石以最高大为贵，惟宜植立轩堂前，或点乔松奇卉下，装治假山，或罗列园林广榭中，颇多伟观也。自古至今，采之已久，今尚鲜矣”。昆山石同属湖石类，因产地不一，叩之无声，不成大用。宜兴湖石产于张公洞善卷寺一带山上，质夯，有色黑而黄者，也有色白质嫩者，不可作悬用，恐不坚也。安徽灵璧县磬山产灵璧石（图 245），石产土中，质脆而比重大，叩之铿然有声。有的为赤土所渍，铁刃刮，铁丝或竹帚扫，兼磁末刷治清润，因红色成分多为氧化铁。百里挑一有得四面者，宜作特置或置几案小景。有扁朴或成云气者，可悬之室中为磬，所谓“泗滨浮磬”是也。宣石产于安徽宣城一带，灰石含氧化铁，石表有白色石英层覆盖，有若积雪一般。愈旧愈白，俨如雪山，扬州个园冬山用宣石掇山，效果很好（图 246）。安徽还有巢湖石，体态顽夯而色泽灰黄。山东仲宫县则有仲宫石，也属湖石类。广东英德县产英石（图 247），石产溪水中，质坚而脆、嶙峋突屹、皱纹深密，精巧别致，叩之似金属声，多皴与纹而少洞。多见者为

245
故宫灵璧石

246
宣石

247
英石

248
房山太湖石假山

245

246

247

248

浅灰色的“灰英”，罕见者有“黑英”及“白英”。广东顺德大良镇清晖园曾有黑英，广州白天鹅宾馆有一卷曲硕大高挑的白英把门迎宾。《长物志》说：“英石出英州，倒生岩下，以锯取之，故底平。”四川西部则有灰黑光亮的“猪油石”，如峨眉山清音阁黑白二水山溪的猪油石。

北京房山县产房山石，又称北太湖石（图 248）。比重大而质地闷绵，少有大孔大洞，而多蜂窝状浅岫。因含氧化铁而黄中带赤，年久则色浅淡。北京北海、故宫乾隆花园主要是房山石掇山，自有一番雄浑、沉实的风格。总而言之，湖石类是石灰石溶岩的总称，由于分布地点和环境的差异而细分。湖石并非太湖独有，而太湖石确为湖石中之翘楚。

（二）黄石、青石类

这类山石属于沉积的细砂岩，因含不同矿物成分而具有不同色泽。黄石以江南一带常熟虞山为代表。元代山水画名家黄大痴（公望）画黄石，外师之造化即虞山。常熟有戈裕良在燕园中掇黄石假山。明代假山哲匠张南阳在上海豫园掇黄石大假山（图 249），在苏州耦园西园（图 250）掇黄石假山等。黄石由风化而成，属方解型节理，由风化及水流造成崩落和解体，且都是沿节理面分解，形成大小不同，凹凸进出，不规则的方、矩

249

250

249

上海豫园黄石

250

苏州耦园西园黄石假山

形多面体，节理面呈相互垂直分布。方正平直、沉实浑厚、两石面相交线成锋，伶俐挺括、光影分明。加以大崩小裂，真是鬼斧神工，黄石之美如斯。黄石各地均有所产，常州黄山、苏州尧峰山、镇江圌山所产较为著名。青石节理并不都相互垂直，节理面不很规则，有呈墩状与呈片状者，色泽青灰。颐和园北面红山口一带，有种呈多片状的青云片。

（三）**石笋（剑石）类**

多为沉积的砂岩，成细砂中杂有卵石等他物，呈长条形沉积于地沟内。《云林石谱》说石笋："率皆卧生土中，采之，随其长短，就而出之。"采出竖用，故又称剑石。石笋皆竖用为胜，独立置于花台上、粉墙前、地穴或漏窗框景中，取得"收之圆窗，宛如镜游"的画意效果。因石笋与一般山石性格差异很大，因而不宜混用。

1. 白果笋：北方称为子母剑，以卵石为子，砂岩为母的一种石笋。其形秀拔，其色清润，常呈灰青色。布置散置石笋，忌成"山、川、小"等对称、呆板的组合（图 251）。

2. 慧剑：纯为青灰色细砂岩而不含其他杂质。宽者近 1 米，高者近 10 米，如中南海和北京颐和园万寿山东部山腰含新亭之慧剑等。江南还有一种斧劈石，接近石笋造型而较

251
白果笋
252
慧剑

251

252

浑厚（图 **252**）。

3. **乌炭笋：**色墨灰或墨黑如炭者，质坚而脆。

（四）其他类

有湖南、广东一带产的黄蜡石，色褐黄而体态有些浑圆，多墩状而贵于长条形。还有呈卵形的砂岩，可置石而不宜掇山（图 **253**）。

古代采石多因势凿取，现代多用轻爆破。对于有特殊景观价值的山石不仅要慎采，而且要慎运。有因采运不当而损坏者，引为至撼而殊为可惜，古代运输条件差，却能远距离将巨石完

253
黄蜡石

整无缺运到目的地，特别是太湖石，质坚而脆，很易损坏。祖秀《华阳宫纪事》记载："神运昭功、敷庆万寿峰""广百围，高六仞"。约合周长 4 米，高 10 米，从江南运至今开封。《癸辛杂识》载："艮岳之取石也，其大而穿透者，致远必有损折之虑。近闻汴京父老云，其法乃先以胶泥实填众窍，其外复以麻筋杂泥固济之，令圆混，日晒，极坚实。始用大木为车，致于舟中。直俟抵京，然后浸之水中，旋去泥土，则省人力而无他虑。"又《吴兴园林记》载南沈尚书园运石的情况："池南竖太湖三大石，各高数丈，秀润奇峭。""以大木构大架，悬巨絙缒城而出。载以连舫，涉溪绝江。"说明吊运工具虽受时代限制，但技艺是精湛的。

第五节　置石

（一）特置

指独立而特殊布置的山石。江南将竖峰的特置称"立峰"或"峰石"。但特置未必都竖立，宜蹲则蹲，宜卧则卧。因石观赏特性而定，未可拘牵，故名之特置较妥切。自然界因风化或溶融可形成奇峰异石的天然石景，诸如借以为避暑山庄构景焦点的“磬锤峰”、绍兴柯岩“天人合一”的“云骨”、泉州的风动石、黄山的飞来石、广东西樵山的蘑菇石等。自然界的奇峰异石是特置山石布置之本，是依据，是源泉。往往从自然界寻觅合宜的山石作为特置山石的材料。选石的主要标准是，石奇特不凡，如与一般山石混用会埋没其天资，唯以特置的布置方式才能充分发挥其秀拔出众的素质。诸如艮岳之“神运昭功、敷庆万寿峰”、苏州留园的“冠云峰”(图 254)、苏州旧织造府“瑞云峰”、上海豫园的“玉玲珑”、杭州的“绉云峰”(图 256)、嘉兴小烟雨楼的“舞蛟”(图 255)、南京原置瞻园的“童子拜观

254
苏州留园“冠云峰”
(孟凡玉 / 摄)

255

255
嘉兴小烟雨楼“舞蛟”

256
湖石赏石名作，苏州旧织造府“瑞云峰”、上海豫园“玉玲珑”、杭州“绉云峰”

256

音”、广州的“大鹏展翅”和“猛虎回头”等。

特置多用于入口的对景和障景。如颐和园仁寿殿前竖峰和乐寿堂卧用的“青芝岫”(图257、图258)，直至最小的自然山水园——苏州残粒园的入口都以特置作为对景和障景。山石正面对内，背面靠山面向外，内外同时起对景和障景作用。

特置一般用一卷山石，也有一主石旁衬小石者。石虽一两块，布置却并不简单。首先是相地选石。因地之性质、周边环境、主体景物景观特性、特置山石的框景和背景、置石空间的尺度和视点关系等因素综合构思立意。如颐和园仁寿殿前和乐寿堂前一竖一卧的两卷特置，都是将明代米万钟所遗留之石搬运到清漪园作特置山石造景。先有石而后有地，这便要因石来综合考虑空间关系。仁寿殿为离宫正殿，既恢宏庄重而又有山林、花木、山石等自然环境因素的烘托，而特置山石处于环境烘托中的首要地位，成为仁寿殿前庭的构图中心。欲到仁寿殿，先与此石见。因是正殿所在，山石宜立而不宜蹲或卧。此石原有“寿”意，宜置于仁寿殿前，且竖立巨石有“森笏朝天”的吉祥意境。此石形体高大、气质雄浑，唯宜边稍平，故配以小石为补。它的框景就是仁寿门。在仁寿门门框中，石之实体占几成、留的空白背景占几成是难掌握的火候。实体太小，不足以成障景控制局面；太大，则会有堵塞、臃肿之感，大致实虚

257

258

257

颐和园乐寿堂前的“青芝岫”，下为石雕基座

（楼庆西 / 摄）

258

从乐寿堂看“青芝岫”

（朱强 / 摄）

面积比在三七与四六之间。背景便是仁寿殿下的阴暗部分。因是东向，除早上迎光而亮外，多数时间是反射光照而并不极亮。鉴于原峰石高度不能适应正殿庭院宽敞、宏大的要求，故以须弥石座将特置山石抬高到尽可能理想的高度。须弥石座与石栏的尺度则因石而成小尺度。乐寿堂为晏寝之所，不在前宫而在后苑，要求安详、宁静、亲切的气氛，因而选了一卷宜卧置的房山石。这是米氏倾家荡产欲载而归却未如愿以偿者，因而有“败家石”之称。乾隆则从半途运来清漪园，作为自水路入园码头“水木自亲”上岸进乐寿堂院的天然石屏障，有若影壁而自成障景和对景。此石浑成而遍布蜂窝状小洞，其色微带土黄而又甚清润，只是过于高大而不得合宜的观赏高度。

北京山子张——张蔚庭先生领我参观时向我介绍，当时将地面挖出大坑，将无需的实体埋于地面以下，使地面露出部分适合观赏高度的要求。这样一来避免了因凿石可能伤石之弊，二来保存了整体山石，而且使之有降低的稳重的重心。乾隆因其观赏特色取名“青芝岫”。海水江崖的石雕基座随露出地面的山石轮廓合围成座，石在座下而不在座上。乾隆御题《青芝岫有序》:“米万钟大石记云：房山有石长三丈、广七尺，色青而润。欲置之勺园，仅达良乡工力竭而止。今其石仍在，命移置万寿山之乐寿堂。名之曰青芝岫而系以诗：我闻莫釐缥缈乃在洞庭中。湖山秀气之所钟，爰生奇石窍玲珑。石宜实也而函虚，此理诚难穷。谁云南北物性殊燥湿，此亦有之殆或过之无不及。君不见房山巨石磊岦岌，万钟勺园初筑葺。旁蒐皱瘦森笏立，缒幽得此苦艰涩。致之中止卧道旁，覆以葭屋缭以墙。年深屋颓墙亦废，至今窍中生树拱把强。天地无弃物，而况山骨良。居然屏我乐寿堂。青芝之岫含云苍。摧嵬刻削裒直方，应在因提疏仡以前辟玄黄。无斧凿痕剖吴刚，雨留飞瀑月留光。锡名题什翰墨香。老米皇山之石穴九九，未闻一一穴中金幢玉节纷萦纠。友石不能致而此致之。”

说明置石不仅是景观的景象，而且也有文化内涵，石上刻字咏的历史从记载上看，始于唐代宰相李德裕。他兴建了平泉庄，于山石上镌刻题韵并留下遗言，后辈若有出卖山石者，乃不肖子孙也。特置山石多有题名，画龙点睛地表达石之特色与人之心境。

南京瞻园在刘敦桢先生主持下曾有一次扩建，负责施工的假山师傅是王其峰。他们在瞻园路开了一座南门，入口布置了一卷特置山石。山石本身并非极品，在布置方面却有很多值得汲取之处。首先是视线等级的确定，自南来入口为主视线（图**259**），自北来为二级视线（图**260**），其东边廊来往为三级视线（图**261**），其西为粉墙而无视线相投。故石之最差一面向西墙，最

259
瞻园南门入口置石主视线

260

261

260

瞻园南门入口置石

二级视线

261

瞻园南门入口置石

三级视线

佳一面向南门，稍次面对准北来视线，而廊间穿梭可欣赏差一点儿的面，这说明布置特置山石在相石与置石朝向方面多么讲究。此石布置不足之处在于前置框景偏低，人在视点位置上要蹲身才能得到最佳效果。如自母岩上采石，采石的靠山面总有凿痕之弊，一般的特置都未能解决此弊。浙江嘉兴小烟雨楼前置石名“舞蛟”。峰石竖置于路交叉口，有兼顾正反双向景观的要求。于是在主石背面贴靠一石，与主石背与背连。这样从两面皆可观而又有主次之分。这是在特置中巧妙解决开山面人工凿痕的佳例，颇有创意。

262
留园太湖石赏石名作“冠云峰”

江南名石较多，苏州留园的“冠云峰”（图 262）挺拔秀丽，孤峙无倚，婀娜多姿，视觉上有很强的吸引力。此石早于留园，为旧地别家所有，建留园时先购包含此石之地，然后造园，石便在其中了。冠云峰庭院可以说前呼后拥，左右逢源，但都以冠云峰为意境和构图中心。据石立轴线，南有“林泉耆硕之馆”为引导。馆内有《冠云峰图》和《冠云峰赞》的木刻，自馆之户牖均可得以木雕为框景的石画。冠云峰高 6.5 米，为苏州诸园之冠，又有“岫云峰”左呼，“瑞云峰”右拥。“瑞云峰”又名朵云，一卷之峰加有一勺之水相映，峰倒影入池，云亦水容倒天，清风徐来，云石弄影，恰如天浣，故名为“浣云沼”，以静寓动，动静交呈，景秀意远。背景为冠云楼，立池前观石，因近得高而若峰高于楼。《冠云峰赞·有序》谓此石“如翔如舞，如伏如跧。秀逾灵壁，巧夺平泉。留园主人与石有缘，何立吾侧，不来吾前。乃观余地，乃建周垣。乃营精舍，乃布芳筵。护石以何，修竹娟娟。伴石以何，清流溅溅。主人乐之，石亦乐之。问石何乐，石不能言”。再借客语表达“昔年弃置蔓草荒烟”“而今而后亘古无迁”“愿主人寿（福无尽）子孙百世，世德延绵”，这样“冠云之峰永镇林泉”。一石带动一院，有意境，有环境，有园景，这种以云为起，综合造景的方式实为我国置石的传统特色之一。

无独有偶，上海豫园有名石曰“玉玲珑”（图 **263**），其石不以挺拔高耸取胜，却以玲珑剔透称绝，石之高度仅 3.5 米，体态若灵芝真菌，其色青灰中带黝色。湖石之美在窝、洞、岫、环，此石百窍千孔、婉转沟通。有说如从石顶灌水，则无一孔

263
上海豫园“玉玲珑”
（黄晓 / 摄）

不泻流，如从石底点香则无一孔不生烟。湖石“透、漏、瘦、皱、丑”之美俱具器，而构成特色（图 **264**）。石瘦是一美而美石未必瘦，有江南三大名石之谓，玉玲珑居其一，园主潘允端在《豫园论》中说这卷奇石名“玲珑玉盎”，传为宋徽宗“花石纲”未能运至汴京之漏网遗物。明代王世贞《豫园记》称玉玲珑原为储昱所有，置于浦东三林塘宅园内，随女嫁潘允端弟潘允亮而赠于潘家，原石峰置于照壁前，石背面镌“寰中大块”篆书。潘允端布石时，先在石北建“玉华堂”，寓“玉石精华”之意，也以一勺清池承接倒影。石置于玉华堂轴线上，异常突出。扩建后空间开阔，石虽在轴线上而视距稍远，加以玉玲珑周围山石遍布，大有欺主之嫌，效果不如数十年前。

另一名石为杭州“绉云峰”，属英石，形体更小，但奇皱遍生，如云横逸。此石原置杭州花圃盆景园中，后移置杭

264

265

264

留园瘦石之人化

（置石“透、漏、瘦”）

265

绍兴沈园“断云”

州奇石园。郑板桥名言“室雅何须大，花香不在多”，此石形小却奇妙难觅。杭州花园瑰存“美女照镜”启示我们，若石有美面平视不可见，可倒映入水则清影可得。绍兴沈园置石更小，且裂为两半，镌“断云”二字，令人联想陆游与唐婉相恋而未成眷属。“断云”借景颇有“臆绝灵奇”意（图 265）。特置山石失算之例颇多，或大而无奇，或与境相违，或乏框景和背景，失败是相反相成的经验。

（二）散置

即所谓“攒三聚五”的散点山石。据张蔚庭先生介绍，散点有大散点与小散点之分。小散点以单独山石为组合单元，大散点则以多石掇合成单元。如北京北海琼华岛南山西侧的房山石大散点。于山麓坡急处置山石阻挡和分散地面径流，以减少水土冲刷，并结合山势、登山道自然布置。

散置山石布置的要点在于聚散有致、主次分明和顾盼生情。聚散有致指有聚有散。散置并非均匀，要聚散相辅、疏密相间，而且疏密的尺度和比例都要合宜，构成不对称的均衡构图。主次分明指宾主之体和宾主之位，乃至高低大小，都要体现明确的宾主关系。既不能不分宾主也不要有宾主而欠分明。顾盼生情即石的人化或生物化，赋予非生物的山石以生物之情。主要以山石的象形、寄情、遐想和镌刻题咏等手法奏效。所谓“片山有致，寸石生情”是可以体现的。杭州楼霞洞前有二石，一大一小，一前一后，大者象形，镌刻“象象”。再观小石也像象，这才悟出“象”可作动词也可作名词之妙，领悟创作者之匠心。此外还主要取决于景点环境的定性。如苏州怡园琴室，是聆听琴音的所在，其散置之石就有若《听琴图》的画意一样，一人抚琴居中，二知音分坐在旁，或俯身恭听，或袖手闭目，这才体现出怡园琴室旁二石立站，宛然俯首聆听的绝妙效果（图 **266**）。这便是景以境出，景从境生的道理。与琴室南相邻的“拜石轩”院子里也有散置山石，以表达崇拜自然山石之心。主石峰居左而受崇，两石有若母子相依，顾盼生情。有如母鸡维护小鸡，小鸡回首盼母，这就自然生情了（图 **267**）。

北京中山公园松柏交翠景点，土山麓有房山石散点，一则护坡，二则造景。其散置山石有的深埋浅露，卧地护土；有的高下起伏连接，或相接成“三安”之势。本不成透洞之石一径连接，相套成洞，理法显得特别娴熟。

苏州环秀山庄东北隅，土坡（图 **268**）自东西下，山石散置护土，多卧而少立，土石熨帖自然相称。网师园琴室院墙东南隅散置山石蹲卧辅立，卧石以低取胜却藏露有致，好在分别浮搁而若有石根。

266
怡园“听琴石”
（边谦／摄）

267

268

267

怡园置石

268

环秀山庄土坡

269
群星草堂置石

散点当然可以和其他形式的山石结合，如作为掇山“崩落”地面被土深埋浅露得零散石景、磴道，两边相应得石景等。岭南名园群星草堂有以散置作石庭的地方特色，由多单元散点组成统一的石庭，主次分明、聚散有致。主要散点循“苏武牧羊”的岭南传统，在有庭荫的环境下石之光影亦起造景作用（图 269）。

（三）与建筑结合的山石布置

建筑的人工气息强，借山石与建筑结合布置可以减少建筑过于严整、平滞和呆板的形象，增添自然美的情趣以为调剂，此乃朱启钤先生《重刊园冶序》中“盖以人为之美入天然故能奇，以清幽之趣药浓丽”之谓也。

中国建筑有台，上台明有石阶，以山石代石阶则称为“涩浪”（见明代文震亨著《文物志》）（图 270、图 271）。石阶有垂带踏跺和如意踏跺之别，都可以用自然山石来做。山石踏跺不做垂带，而以山石蹲配相应地布置在台阶两旁。主石称“蹲”，客石称“配”。笔者曾请教张蔚亭先生，他说此举和布置石狮、石鼓一样具有“避邪”“趋安”的意思。我想与“泰山石敢当”立石避邪的民俗有一定的联系。石敢当传说是泰山一位惩恶济民、斩妖除魔的英雄，竖石铭字则可用以避邪。蹲兽石作或铜作也有避邪的含义。山石蹲配之称可能与蹲兽之布置有关。不同

270

271

272

270
故宫乾隆花园“涩浪”

271
中南海“怀抱爽”“涩浪”

272
避暑山庄正殿“澹泊敬诚”殿南侧台阶

在于不是左右对称的人工美，而是均衡的、反映自然美的园林艺术美。

在建筑明间布置山石踏跺和蹲配，可以起到强调主入口和丰富立面的作用。台之角隅山石称“抱角”，不仅使台明外角增添了天然山石之美，而且有助于将建筑过渡到自然的园林环境中去。如果做得好，看不出是先有建筑而后添加山石点缀，而有若在山岩上建造建筑，建筑台基融入山岩中，但山石所占的体积并不是很大。各品种石材做出的抱角、蹲配和山石踏跺各具特色。湖石圆润柔曲而具窝、岫、洞、沟之玲珑，黄石棱角坚挺、石面崩落、硬直而光影分明，青石色彩不如黄石炽烈却又另有一番清幽、硬挺而不太直，足以见出一方风水一方韵味。

山石踏跺因建筑性质、台明高度、踏跺宽度和路线组织不同而可做出各种相应的变化。承德避暑山庄正殿“澹泊敬诚”南向为庄重规整的石作台阶（图 272），而北向就用变化不是很多的山石踏跺（图 273），到了最后一进院落，山石布置则转为主体（图 274）。

若台明不高，如苏州狮子林燕誉堂用坡式山石而并无分级（图 275）。留园“五峰仙馆”山石踏跺以竖石分为两路。北京恭王府六角亭山石踏跺先折后登亭。

273

275

274

273
避暑山庄正殿
“澹泊敬诚”殿北
侧踏跺

274
避暑山庄云山胜地
楼山石云梯

275
燕誉堂“涩浪”

276
网师园冷泉

276

墙之外角亦可抱角，而且要与墙的尺度相协调。承德外八庙中的须弥福寿之庙，藏式墙壁尺度恢宏，山石抱角便成了抱角山。墙之内角布置的山石称“嵌隅”。石量少者可为小品花台，多则掇山掘池，把本来很死板的墙内角做得非常生动。如上海豫园，尤其是苏州网师园冷泉亭旁的院角，循山石踏跺回折而下，一泓清池沁人心脾（图 276）。太湖石掇山极为灵巧，实为极品。

尺幅窗在园林中逐渐落实到漏窗、透窗和地穴造框景（图 277）。漏窗是穿透无阻的，透窗则用玻璃封闭，透景而不漏风。此类手法的突出案例是，苏州留园建筑小空间和山石小品的联袂展示。人们从南向北游到花园部分时，正值三岔路口，前面东西分岔。游人都情不自禁地往西拐，这正是设计导游意图所致。西敞东狭、西明东晦，更主要是西面景色逗人入游。主要景点在两个倒座的天井，分隔空间的园墙开地穴加以绿荫延展，使这两空间得以渗透，有景深，富于层次变化，使“古木交柯”（图 278）与“华步小筑”（图 279）既各自独立成景又相互融会而互为前景。这两景点都反映了历史文化，由于设计地面低于原地面，为了保护古树便以台托起古木并因借为“古木交柯”，惜原树已不存。另一处是东面的“石林小院”。坐北朝南的庭院主建筑“揖峰轩”并非正襟危坐，而是偏东定磉，而将

探幽

278

280

西面留出一可观而不可游的天井小院。北面与墙之间也留下仅一米多宽的狭长的天井作为“无心画”之依托。揖峰轩三面有景可赏。北窗开尺幅窗三扇，玻璃漏窗、木作窗棂嵌边，由暗窥明，竹石小品落于画幅中，清风徐来，动静交呈，生意盎然（图 280）。揖峰轩南为周廊合围、小屋和山石嵌隅的竹石景组成的山石花台。所谓揖峰轩出自米芾拜石，尊石为石丈人。竹石相辅成为传统画题，由诗画而来的中国造园自然衍展竹石景观。故李渔在《闲情偶寄·山石第五》中说：“有此君不可无此丈。”石林小院以君伴丈，由于小空间组合的尺度合宜，周游与贯穿的路线结合，露天和半露天共享。“以壁为纸，以石为绘”“收之圆窗，宛如镜游”。

山石磴道还可作为室内外楼梯，其中以室外山石楼梯更为用赏两全。既省室内面积又可结合自然景，可称云梯。一般有

277
狮子林地穴
278
古木交柯
280
揖峰轩“无心画”

281

两种类型，即独立山石楼梯和倚墙而建的山石楼梯。避暑山庄正宫最后一进院落主要建筑为坐北朝南的“云山胜地”(图281)，处于宫与苑的接壤处，理应园林化一些，故采用独立青石山石楼梯。鉴于这院子可从东来之廊子相望，故东立面有独立完整的自然山岩造型可供东廊得景。此楼五开间，楼梯与东稍间衔接使不致阻挡楼下明间，又具有南北贯通的交通功能。还考虑到与楼梯相连部分不致更多阻挡楼下采光，故山石楼梯高处尽端与楼有一定距离。这段距离用天桥的方式搭连。天桥可以木作，也可石作。由于维持合理的坡度需要一定坡长，而坡长宜以回转代直通。楼梯口向西开以承迎中轴出入的游人，由西而东再北折上楼，顺势攀上。行宫气势雄伟中又见自然之

279
华步小筑

281
避暑山庄“云山胜地”山石楼梯

气氛，这卷山石楼梯风格也比较雄沉、浑厚，与行宫环境气氛相称。山庄东宫松鹤斋也有类似的室外山石楼梯。

江南私家园林山石楼梯虽不是很多，但各有特色而且是很精致的。网师园最后一进院落西侧建筑楼下为“五峰书屋”，楼上为“读画楼”。其东山墙楼层北端开有门，后来从外面接上山石楼梯（图282），楼梯口与西院东出之亭门相承接。由于楼梯口取面向东南的朝向，自南而北的游人亦先入廊亭，这廊亭是西来、南来两条路线的交会点。而此院更东的小院有地

282
网师园“读画楼”
山石楼梯

283
留园明瑟楼
山石楼梯

穴与之相衔。从后门自北而入则山石楼梯自然成为对景。这座山石楼梯一是利用楼梯间的位置做成山洞，既省石料又可增加虚实变化；二是与周边的山石花台相应成景，变孤立为相融入，这是优点所在。

扬州何园后院也有一山石楼梯，先以其倩影作为楼下过道之对景。入院后方见山石楼梯，景以境出。下面与院中花台相贯一体，自楼梯口转折而上的部分贴倚粉墙，再以一小型木作天桥连接楼上，自然而不造作。

拙政园“见山楼”以假山衔接楼梯的做法也是成功之作，无论从南面或北面欣赏都有可心之景观，悉以天然之美药浓丽的做法。

笔者以为苏州留园明瑟楼的山石楼梯堪称精品（图 283）。这是位于“涵壁山房”东邻相接的小楼，楼下是小三间，以柱、鹅颈靠和挂落组成东、南、北三面空透的园林建筑框景。楼上称明瑟楼。这一山石楼梯口一石特置竖峰，因近而有插云之视觉，上镌“一梯云”。一语双关，可理解为一梯凭高攀到背景

284

284

谷口

285

山石云梯休息板

285

为云的明瑟楼，也可以梯为定语而形容山石。山石在传说山水画中称为“云根”。实际上梯与峰石都不因尺度高，而是在视距小于 1 ： 1 的环境中因近求高的视觉效果，将此视觉效果诗化、升华成意境，便通过“一梯云”引入。实若标题音乐，有画题的一卷假山景。这“一梯云”精在体现环境之所宜，充分利用了南面的园内隔断高粉墙，是“巧于因借，精在体宜”的理法见诸理微的体现。人靠石级攀楼，但就景观而言，最好大面积石级有所隐藏。我想中国人在仪容方面讲究“笑不露齿”与中国文学强调“缠绵”和“最后也不得一语道破”有深层的文化关系。因此“一梯云”可分解为四部分。第一部分是梯口若谷口（图 284），跨两三石级便登上一块面积大的山石云梯休息板（图 285），通过休息板才向西转折而上。梯口作为地标的“一梯云”还与花台结合，逶迤而下与地面相接，花台中一木伸枝散绿。因此梯口给人印象很深，西北以迎来者，峰石招摇引人。由于体量与环境相称，这种微观景观的“火候”是最难掌握的。体量小不足以成气候，不足以成景；而过大又令空间迫促、堵塞而产生臃肿和压抑感。“一梯云”精在恰到好处。第二部分是石级提升的主要部分，直到自西而北转，而这部分石级都被顶际线自然起伏的自然山石栏杆所遮掩（图 286）。第三部分是横空的小天桥（图 287），因其小而并不显，只是维持

287

山石楼梯不要过于贴近建筑，维持合宜的空间距离。第四部分相当于楼梯间即石梯的底部。“一梯云”利用这部分空间为岫、为洞，更显突出。这样无论从楼下北面经过或坐于楼下南望均可在柱和挂落为框景的画框中欣赏“一梯云”的横幅画卷。石梯化为峭壁山，以壁为纸，以石为绘也。

（四）山石几案

园林室内外有山石家具之设，诸如石榻、石桌、石几、石凳等。李渔《闲情偶寄·山石第五·零星小石》说：“若谓如拳之石亦须钱买，则此物亦能效用于人，岂徒为观瞻而设？使其平而可坐，则与椅榻同功。使其斜而可倚，则与栏杆并力。

286
自然山石栏杆
287
小天桥

288
“听松”石床

使其肩背稍平，可置香炉茗具，则又可代几案。花前月下，有此待人，又不妨于露处，则省他物运动之劳，使得久而不坏。名虽石也，而实则器矣。”山石几案之生命力在于既可实用又具自然之面貌。设计要点是打破太师椅、八仙桌等人工美的做法而以自然山石代替，改变对称的布置。石雕桌凳也很美，但那是体现自然材料经人工加工后之美。山石几案则是选相宜的自然山石，对山石材料本身并不施工巧，只是巧为安置而极尽自然之美。

无锡现在还很完整地保存了唐代的“听松”石床（图 **288**），传为唐代李阳冰之石榻，李阳冰为李白父叔，这是我所见最古之石榻。在银杏浓荫，正六边攒尖亭内，石床置其中。石榻长约 2 米，宽不足 1 米，灰褐色，床脚一端有李阳冰篆书“听松”的石刻。枕床基于一石，而且枕还适应上翘成凹形，正好容肩，放松和衣而可卧，一石天成，可见相石者的高水平。实际上，这是一卷醒酒石。古代文人骚客常行“诗酒联欢”之乐。酩酊大醉以后，全身自内发热，这就有醉卧石床，以石散热的需要。石床相对是比较冷凉的，置于松荫之下，清风习习，催人入梦。不知到了什么时辰，一阵风把松果刮下来落在石床上，发出响声催醒醉卧者。醉者这才有所惊醒，酒性也逐渐下去了。这是天籁唤醒的，较之铜壶滴漏、钟鼓鸣时，甚至现代闹钟都强百倍。露天石床，既空气新鲜，又石榻冰凉，实为醒酒之佳构。这种陶醉于自然的情趣哪里去寻找，可见古人多会享自然之福。晚唐诗人皮日休有诗《惠山听松庵》：“千叶莲花旧有香，半山金刹照芳塘。殿前日暮高风起，松子声声打石床。”由是名声更盛。明代礼部尚书无锡人邵宝有三首咏石床的诗。其一曰：“惠山石床古有之，声声松子金风时。皮休题诗李冰篆，千秋并作山中奇。”无锡民间音乐家阿炳，谱有《听松》乐曲传世[1]。

1 以上资料引自“无锡新传媒”（[illegible]）。

289

290

289
“软云”

290
北京北海“延南薰”
山石几案

291
中山公园水榭南青
石几案（平面图、
效果图）

291

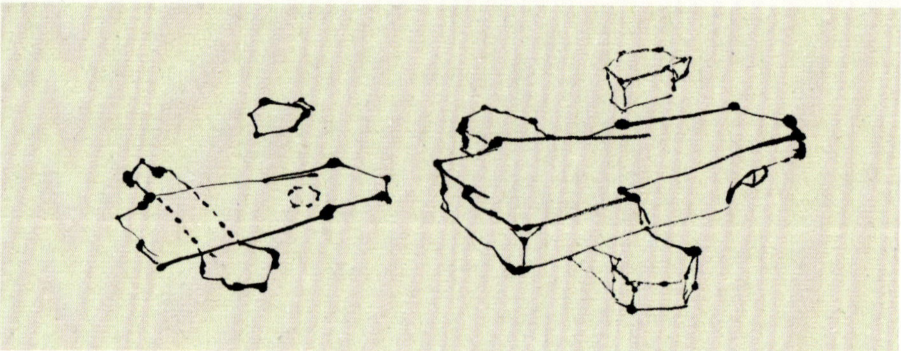

广州烈士陵园也有一卷醒酒石名唤“软云”[1]（图 **289**）。尺度较小，石为黄蜡石，皴纹浑绵，刻有“软云”二字。即值广州夏日，此石仍冰凉。有人曾证实，夏夜坐卧因过凉而不得终夜坐卧。至于洞中设石榻以仿仙府的做法就较普遍了，如北京北海假山洞、苏州环秀山庄洞府等，但石榻本身不如上述出色。

石几和石凳较石榻更为普遍。就相选石材而言主要是因材设用，对安置而言主要是与环境相融合。石几、石凳要量材而不要牵强。北京北海后山扇面亭“延南薰”内西侧有石几石凳（图 **290**），因亭中洞为房山湖石，亭外假山也是房山湖石，因而这座几案石凳也选用房山湖石。石几凳适合人的尺度，又与亭内空间相称，有如景观置石，但坐之，便自然作几凳用了。

北京中山公园水榭南面西侧曾有一青石几案，一桌三凳。张蔚庭先生带我们参观时特别表扬其造诣，确实具有指导安置山石几案的意义。请看平面示意图（图 **291**）：桌面一石头广尾狭，自然形成石板，是一卷长条薄块的青石，东窄西宽呈不规则梯形，桌面基本成平面又不是绝对光滑。用另一卷更敦厚的长条石垫起山石桌面，两头均出桌面而形成南宽北狭的两石凳。这块青石既解决了桌腿的功能而又自成大小不一的两座石凳。

1　此石原置于广州荔枝湾海山仙馆内。

292
“屏风三叠”

既已有一石穿桌面，东西另以一同高小石在桌面下以支墩的形式将桌面托平。东北隅空位则单点一墩状青石独立为凳。这样就完全打破了八仙桌的整形概念而以自然置石取代，是供用的几案，也是一组山石景，这是典型的山石几案。

北海西山坡半山腰借种植乔木的山石花台踞于踏道分岔的路，而就势设置几凳。苏州留园“五峰仙馆”北院西边也结合山石花台，借台边为几凳，这些都是比较灵活的做法。

山石还可做成石屏风。怡园有“屏风三叠”之作（图 292），虽为竖石平顺相连却镌刻有“高下参差”四个篆字，产生了很强的装饰效果。留园“五峰仙馆”西之“汲古得绠处”也有石屏，却属自然取势。北京中南海“静谷”，以竖立的房山石作园墙，参差高低、错落前后，极尽自然岩壁之变化，却无半点人工墙面的痕迹。

（五）山石花台

我国人民尊称牡丹为“国色天香”。牡丹要求地下排水良好，而江南水乡地下水位多偏高，加以牡丹植株不高，人要蹲下才得尽赏。以山石花台提高种植土面高度以后可综合解决这两个问题。既相对地降低了地下水位，提供了地下排水良好的土壤条件，又将花台提高到合适的观赏高度。在地下水位低的北方则借花池的形式使培养土面降低而汇集天然降水。再者，中国园林都是由庭院组成，而山石花台间即成游览道路，用以分割庭院最为相宜。因此在江南私家园林中山石花台是运用极其普遍的一种形式，可以充分发挥置石与假山在造景方面的灵活性和处理疑难的妙处。山石平面无定型，可随造园需要做因地制宜的变化（图 293）。与建筑之台、柱、墙、门、地穴、台阶等皆能结合，而且做好了能天衣无缝、妙趣横生。

山石花台组成群体都有整体布局的问题。犹如在方寸石上篆刻，或与纸上“因白守黑”的书法同理。如篆刻布局之“疏可走马，密不容针”，细部笔戳之“占边把角”；书法布局有章和虚实相生等，都是借鉴学习的瑰宝（图 294）。花台整体由单体花台组成。山石花台的单体要求彼此和谐相衔。既顺当，又巧妙。花台边缘要做到宽窄不一、曲率和弯径富于变化、正反曲线相辅，兼有大小弯等；要外师造化。自然界似乎没有花台，却有因岩石溶蚀或风化造成岩石崩裂、滚落、合围，再由地面水中带的冲刷土沉积而成的景观，应当遵循这些自然之理。

293

294

295

花台是三维空间，在断面上必须寓于变化，诸如立峰高矗、潜石露头、上伸下缩、虚中见实、陡缓相间等（图 295），加以融会贯通可以说变化无穷。以粉墙为背景做花台以对厅馆，是苏州古代私园普遍的做法（图 296），无墙可倚的则做成独立的山石花台。怡园入园的对景便是类似宽银幕的横幅大花台。网师园则用于作最后一进出门前的对景。狮子林用作燕誉堂的对景。“涉园成趣”北院则花台基本独立，因西有额题“探幽”的海棠形空门，自西而东以

293
“还我读书处”木石一体山石花台
294
留园西南角隅处理放花台
295
留园山石花台之下虚上实

296
额题花台

空门为框景的特置山石即花台的一部分。

怡园“可自怡斋”南面有一组牡丹花台，既依托于高粉墙而又有所独立。贵在高低分割成台，东西朝上，人可以在花台间游览观赏。

留园“涵碧山房”前的庭院是比较完善的山石花台群（图297），由带壁山的花台与庭院中央独立的山石花台组成。平面变化乍看似乎并不复杂，身临其境会感到自然曲折、婉转多致。尤其是庭院西南角，两边花台有交覆之动势，在移步换景的过程中可得到掩晦墙隅的效果。本来是三面相交成线的平滞墙线，却因山石遮挡而若有莫穷之意，这是很不容易的。留园“自在处”东墙下花台台边特别自然，凸出部分遮挡凹进部分，虚实变化丰富。“五峰仙馆”前院壁山花台，规制宏大且有十二生肖石于其中。

若论山石花台的细部变化，以网师园“五峰书屋”后院为最精致之所（图 **298**）。此后院进深仅约 4 米，面阔却有 10 余米，是一个东西狭长的小院。山石花台沿北墙逶迤作曲带状，不仅平面曲折多致，而且断面极尽变化之能事，虚实并举，而尤以“造虚”见长。些许空间，令人玩味无穷，流连忘返。学造山石花台，此可谓顶尖教材。

297
“涵碧山房” 山石花台群

298
网师园“五峰书屋”后院

297

第六节　掇山

（一）明旨造山，意在手先

造山必有目的，有的才可放矢，这实是为假山定位、定性。主要影响因素有周边自然环境特征，当地文脉和主人的心意、人性、爱好等。这些因素经设计者归纳后循“巧于因借，精在体宜”之园林主要理法，逐步落实山性。如苏州环秀山庄、上海豫园，都是以假山为主景，但豫园秉承明代造园布局之特色，假山与人工主体建筑互成对景。加以古时豫园若区位升高可见黄浦江，这就要求山有足够的高度，而且在山顶部分要设置“望江亭”。环秀山庄之假山虽然也是主体建筑的对景，但更强调周环观之皆成秀景，则将假山布置于庭院中部，四周皆可成景。这些较之作为对景假山的布置就难多了。

对景假山要考虑主要成景的一面，背面和侧面则可稍隐晦，特别是背景可以令观者不见。如新中国成立后，南京瞻园在鸳鸯厅南面再建的假山水洞基本属于这种做法。因这样可以藏拙屏俗。相对而言，四面中看的假山就难多了。

另一类型是不作为全园的主景但作为地形骨架、分隔空间的手段和局部景区的构图中心。如圆明园，其原地称“丹棱沜”，是有小土丘的沼泽地。为了合并、串通水系，就要平衡挖湖沼所产生的挖方。结合自然山水园的布局需要，便采用以土山环绕水作为地形骨架以成“集锦式”布局。又如拙政园远香堂的黄石假山，是作为自腰门入园承接的对景和遮挡远香堂的障景。从私园“日涉成趣”和“涉门成趣”的要求出发，便需山上有台可攀，山中有洞可穿，山下有路与廊、墙组成夹景，这就确定了黄石假山的性质。现代假山用途广泛，无论是用于动物园的兽山，作为植物园岩生植物种植床的假山，掩盖游泳池更衣室的假山，还是掩盖人防出口的假山，不同造山目的决定假山性质，不同性质决定不同的内涵和外形。

意在手先指明确造山目的后的构思立意，这对假山布局和细部处理都是重要的。先有心意才能指挥行动，边想边做有违统筹。先有胸中之山才有图纸之山和模型之山，最后才能化为现实的实景假山。胸中之山何来？是外师造化经积累后结合自然环境和人文资源的综合抒发，要提炼为意境则必有赖于文意之陶冶。豫园黄石假山洞口刻有“补天余”(图299)，北京北海山洞有“真意”镌刻，借以反映一种意境，而真正的意境只能自己体验。

299
豫园“补天余”

邯郸赵苑公园，有中水引入，利用约9米高差为山为洞，景名“百花弄涧”。以水石为花的种植条件，创造水从石出、苍松翠柏绿荫背景前，花乔木、花灌木、宿根花卉、水生花卉因地种植的景观展现“群芳清音”之意。

杭州花圃因钱塘水自西南隅引入，地势尽角隅陡高9米便转为平缓，不似赵苑分两台低下且主落差在下游。结合现代花园内容，吸取西方岩石园精华，又根据杭州的地域性确定为岩生花卉园，景名“岩芳水秀”(图300)。这些景观都是按意在手先之理法奏效，工成后颇受游人青睐，青年人结婚多有在此拍婚照者。

300
杭州花圃
“岩芳水秀”

（二）统筹布局，山水相映成趣

作为园林设计布局的因素，包括山水地形与建筑、园路等，都需运筹帷幄、统筹全局。即或与建筑师合作，最好同步介入，否则只能依托于建筑而万无更改。园林艺术设计者的主要使命是确立建筑与山水间布局的关系。可以建筑为主，以山水辅弼建筑，也可以山水为主，以建筑为辅弼或点缀。山水之间也有各种关系，以山为主或以水为主，各种因素在布局方面的比重是很重要的，有了合宜的体量才可能安排合理的行对关系。

“水令人远，石令人古”，山水必相映而成趣。中国的枯山水，如《园冶》中所描绘的“假山以水为妙。倘高阜处不能注水，理涧壑无水，似有深意”，与日本的枯山水是迥然不同而依稀同源的。只是没有人工水源，但还是人造自然山石景观。做出来的涧壑平时无水却有深意，深意在于若有水则成山水景。天然降水时便出现水景了，无水时虽干涸但具有山水之意。如中国古代园林中常在屋檐下水处衔以假山涧壑，借屋檐雨水成水景。环秀山庄东边假山与墙檐水相衔，也有无水似有深意之涧壑。环秀山庄西北山洞接磴道，磴道旁若有山溪下跌，从墙外打井水自墙洞注入则有水，平时也属似有深意之涧壑。

无水尚且颇有深意，有水源可循的更当保护和充分利用天然水源造景。有道是“地得水而柔，水得地而流”“山因水活，水因山秀”，动态的水与静立之山可以形成最佳山水空间。“水令人远”的意义还在于开阔了倒影的虚空间，与岸边景物相映成趣，光怪陆离，其变化无穷。无锡惠山的风景名胜实际上就是利用两股泉做文章。杭州灵隐寺也有两股水源，不过一为地下水涌出。北京西山碧云寺仅一泉源称“卓锡泉”，人工辟为水泉院，运用这股水贯穿其下游各景点，在未尽其用以前绝不轻意排出景区。明代陶允嘉在《碧云寺纪游》中说：“山僧不放山泉出，缭绕阶前声瑟瑟。”足见精心保护和充分利用的理水传统，值得深研。至于如何取得山形水势，则必须从境生景，充分酝酿采用什么山水组合单元和如何塑造山水的特殊性格，使之取得较好的景观效果。

（三）因境选择山水组合单元，塑造山水性格

我国古代神话名著《山海经》和最早的地理专著《尚书·禹贡》是首先要学习的历史地形文化著作。《山海经》将中国土地按东、西、南、北、中划分为五系山水构架，每个山水系统都有起首、伸展和结尾。同时也概述了山水的成因和特色。《禹贡》循驺衍“九州说”，并假托大禹治水以后的行政区划将中国划分为九州，中国是小九州，世界是大九州。对长江、

黄河、淮河等流域的山岭、河流、薮泽、土壤、物产、交通、贡赋等自然和人文条件都有记载，尤以黄河为详。将治水传说发展为科学的论述，成为古代最早的一部地理学专著，后世校释和研究的著作也多。山水的基本理论要从这里汲取。

另一本中国最早解释词义的专著《尔雅》是学习和研究山水组合单元的基本置石书籍。其中释山、释水对我们园林艺术工作者特别重要。管仲在《管子·地员》中将农业地形分为5种山地和15种丘陵。《尔雅》则以城市为中心向外衍展为邑、郊、牧、野、林、坰6类土地。《释丘篇》中按高度将丘分为4类；根据丘与水结合的关系将丘归纳成4类；据孤丘主峰位置不同分丘为5类；据山高与面洞的比例将山分为4类；据山尺度大小分两类，大山绕小山称“霍”，小山别大山称巘；据土石比例，石包土称“摧嵬山”，土包石称“砠山”。当然我们也可称“土山带石”和“石山带土”，但阅读古代文献时必须明词义。

《释水篇》中将可居之水中陆地从大到小分为洲、陼（渚，小洲）、沚（小陼）、坻（小沚）。我国带山、水、土、石偏旁的文字较之外国要多很多倍，这是适应生产和生活的活动产生的，说明先民的生活经验积累丰富。古代将水分为水系和水景观单元。《尔雅·释水》将水系概括为渎—浍—沟—谷—溪—

川—海。古代称喷泉为槛泉，裂隙泉为氿泉，下泻泉为沃泉，间歇泉为瀸泉，还有瀑布（悬水）、逆河、河曲、伏流、潮汐塘（滩涂）。现在我将水系概括为泉—上潭—瀑布或跌水—下潭（设消力池）—沟—涧—溪—沼（曲折形）、池（圆形）—湖—河—江—海。我们经常用得着的还有江河岸边称湄，水边可称浒、涯、浦、涘、浔，水口称汉，江河主干流、支流称派和沱，小水汇入大水称潨、灇，聚水洼地称泽，零水水面称汼，深水称潭或渊。这些词都有界定但又不是绝对的。

山体单元称祭祀的大山为岳，如三山五岳之称。山从立面可分为山脚（山麓）、山腰、山头三部分。高而尖的山头称峰，高而圆的山头称峦，高而平的山头称为顶或台，峰峦起伏连接成岭。所谓“横看成岭侧成峰，远近高低各不同”。山之凸出部分称为坡或陂，山之凹入部分称为谷，其中两旁山高而谷窄者称峡，两山稍低而山间稍宽称峪，谷扩展成壑，壑再扩展称埧。无草木之山称屼、屺或童山，草木茂盛之山称岵，如庐山称岵岭。从山进深方向陷进而不通的，小者称穴，大者称岫。岫再纵深发展，无论贯通与否都称洞。石山高处悬出称为悬岩，高但不悬出称崖，高而面平者称壁，如武夷山之“壁立千仞”。平顶山石称砰，一石当桥称矼，高空架石可通人称飞梁，水汀安石供人踏过称步石或汀石。《园冶》说：“从巅架以飞梁，就低点其步石。”山、水、土、石有统称的山水组合单元，又有各自的组合单元。单元为我所用而不受单元和名称的约束。我曾指导刘晓明作了一篇题为《地形的利用与塑造初探》的博士论文，需要者可引为参考。

山水组合单元只是反映了某种单元的普遍性，仅以峰峦而论可以做出许多特殊的性格来，一型多式。至于丘壑溪涧，可以千变万化，但万变不离其宗。将石材特性、环境特性和人文立意汇总升华,就不难捕捉山水的特性。这就要做“外师造化，中得心源”的积累，自然界同一单元有千变万化的景观形象。

深圳市政府西侧原有一所荔枝园，古荔如红云。经区划增加山形水系后改称“红云圃”，为老年职工文化休息之所（图301）。其西偏南有一小庭院，建筑坐西向东并在西面留出庭院。观其形胜，东北高而西南低。建筑为音乐厅，便选择作山庭。东北高处矗起山峦以制高，再将峦衍为山谷向东南成山溪。西南做了一个很大的岫，因庭院尺度很小且狭于东西，做岫自东西望以虚胜实，视线莫穷，而从心理上延长了东西向的视距。这也是汲取北京北海静心斋假山洞的做法，并结合实际在视觉方面产生的效果而设计的。但静心斋尺度大，宜为洞，而在此小空间里一岫足矣。将作为假山主景的山岫置于山麓，距地面仅1米多。妙在层次多，而且从明到暗层次特别丰富。石材为

大理石的表层，石块顽夯，块面很大。由图定平面位置，模型确定造型。由于是广州著名师傅陆敬坚、陆敬强兄弟二人主持施工，取得了尽可能完美的艺术效果。距今约 20 年，石色从白转黑灰，山石大小相咬，加以勾缝细致，俨然天衣无缝。这可以印证如何因境构思立意，如何因地制宜，巧妙确立以石山为主、溪池为辅，选谷壑和岫为主要山水组合单元的主旨，又发挥大岫干壑的深意特色。从抽象到具象有条不紊地进行设计和施工，最终取得较好的艺术效果。

301
深圳“红云圃”
（孟兆祯设计、摄影）

（四）模山范水，出户方精

假山如何布局，山水组合单元的具体形象从何而来？这就要回归到中国园林追逐境界的总纲“虽由人作，宛自天开”。对假山而言，最合适的理法就是“有真为假，做假成真”。假山的依据是真山，大自然的真山水是山之母，假山师傅自称“山子”。子以母为范。园林设计者有一座右铭：“左图右画开卷有益，模山范水出户方精。”因此必须对名山大川进行尽可能广泛和持之以恒的踏查、学习和积累。文学家要求学生读万卷书还不够，还要走万里路，然后写出的文学作品才生动感人。中国山水画家都是下了“搜尽奇峰打草稿”的苦功夫才有挥之即来的能力。作为三维自然空间的假山艺术，也必须下这种外师造化的苦功。由飞机俯望，坐船看两岸，乘车看窗外，深山踏查，等等，抓住一切机会学造化。实际上是苦中有乐。也许你正愁脑子里的山水样式不够用，可你会发现同一山水组合单元在自然界有无穷的式样。

就洞而言，杭州灵隐寺天然的石灰岩山洞有许多，但洞口、洞壁、洞底、采光洞无一雷同。再到宜兴看看张公洞、善卷洞，水旱相衔，洞中流水甚至瀑布跌水，可称大观。再到桂林看七星岩、芦笛岩的洞同样给人无限启发，南京长江燕子矶一带的自然山洞，则又是另一番景象。广东西樵山，四川峨眉山、青城山，甘肃崆峒山，一山一性，其中的奥妙就多了去了。

学湖石假山，要去苏州太湖的洞庭东山、洞庭西山。学黄石假山要去常熟虞山，大痴黄公望就曾在虞山写真而后成名。看了真山再看假山，看作者如何吸取真山的精华而后造假山。常熟虞山麓有清代戈裕良造的燕园，园中既有湖石假山也有黄石假山。历史上学真山基本分两阶段。开始是模仿，以真山为准绳，如“起土山以象二崤”，东崤、西崤便是两座真山，所以人造土山有“十里九坂”的记载。伴随山水诗和山水画的发展，逐渐从模仿转向概括、提炼和局部夸大。由画论“竖画三寸当千仞之高，横墨数尺体百里之回”的启发而进入“一卷代山，一勺代水”的高级阶段。现代交通更加方便，仪器设备较之古代更加先进。运用数码相机、摄像机可以将大自然的素材大量记载，携之以归，但不能代替动手写生的功夫。下了扎实的功夫外师造化，肚内的天地就变宽了。积累越多用起来越方便，最终达到信手拈来的境界。

外师造化就行了，为什么还要中得心源呢？“天人合一”体现于园林是“人的自然化和自然的人化”。朴素的自然有自然的美，但自然未必都美，这就有在自然中如何根据人的审美观去采撷自然美的命题。抑或是自然美但还不是艺术美，设计者就要将本不属于自然的社会美，主要指中国人的志向和生活情趣等，投入自然山石等景物中，从而创造出园林艺术美。人的自然化很不容易，自然的人化就更难了。文学的主要理法是比兴，化为园林语言就是借景。借此喻彼，从而达到“片山有致，寸石生情”的高度艺术境界。

（五）集字成章，掇石成山

一石若一字，一字亦可成文。数字可以造句，造句似同积数石做散置。连句成段，合段成章就是假山了。从文字记载看，古代掇山匠师的功夫都下在动手以前。首先是相石，一石相当一字，如何相法呢？实际上经过巧于因借的构思立意，已经胸有成竹了。有成局的文章当然也就有段落的敷设，段落中有句，他便出于造句之需要相字。譬如一洞，如何引进，是曲折弯入，还是径直而前置石屏，洞结构是梁柱式还是券拱式，洞口做何处理，一一默记于心。相石之时便与胸中之山挂钩了。此石宜作洞收顶，彼石适作洞壁山岫，等等。当然不必将胸中之山尽化为现实之石，但作为主要石景的石必须相好。相石要花很大功夫，石要看多面，有时要趴在地上看，有必要时还要翻开看，主要是看尺度、色泽、质地和可能接碴的石口。一经下功夫相石完毕，掇山之时香茗一壶，蒲扇一把。只说何处何石，搬来放下，一准合适，分毫不差。他是先有整体文章，再化整为零相石，然后积零为整，掇石成山。

（六）远观有势，近观有质

前一句是对假山宏观的要求，后一句是对假山微观的要求，两句同等重要。首先要把握住山水宏观的整体轮廓，或旷观或幽观，都要求学习远观的山形水势给人总的气魄感。李渔在《闲情偶寄·卷九·山石第五》中论证大山："山之小者易工，大者难好。予遨游一生，遍览名园，从未见有盈亩累丈之山能无补缀穿凿之痕，遥望与真山无异者。犹之文章一道，结构全体难，敷陈零段易。唐宋八大家之文，全以气魄胜人。不必句栉字篦，一望而知为名作。以其先有成局而后修饰词华。故粗览细观同一致也。若夫间架未立，才自笔生，由前幅而生中幅，由中幅而生后幅。是谓以文作文，亦是水到渠成之妙境。然但可近视，不耐远观。远观则襞襀缝纫之痕出矣。书画之理亦然。名流墨迹悬在中堂，隔寻丈而观之。不知何者为山，何者为水，何处是亭台树木。即字之笔画杳不能辨，而只览全幅规模，便足令人称许。何也？气魄胜人，而全体章法之不谬也。"山之宾主关系、三远的尺度、山水关系、山的总体轮廓与动势综合地构成了假山的宏观效果。山水单元的选择与组合、皴法和纹理、集字成句的整体感以及块面的大小则构成了微观印象。近看假山之质，石贵有脉，皴法合宜，皴纹耐细览。石有石皴，山有山皴。山皴与石皴统一或不统一均可，横竖纹只要有宾主之分是可以混用的。陈从周先生说："屋看顶，山看脚。"这句话也适用于假山。人们一般把注意力放在高处的峰峦，而忽略了低处的石根，以及山石与铺地衔接的部分。实际上视线是移动的，移至石根，若处理不当，会影响整体效果，正如一颗烂花生米可以搅乱满口的香味而使人不得不吐出。底层山石在施工时称"拉底"。"拉底"山石部分位于地面以下，而另一部分露出地面。"万丈高楼平地起"，拉底山石可以为其上的变化奠基，而且是假山美不可缺少和忽视的部分。自然山石有大量石根美的素材，值得我们汲取。

（七）以实创虚，以虚济实

本来假山艺术是虚实相生的，用现代语言讲，虚实是相对存在的。无论自然景物之美者或山水画意无不皆然，书法、篆刻也都讲究"知白守黑"的虚实统一。可是在实践中普遍只知以实造实，片面追求高矗的峰峦，却不知以实创虚。因而所造假山缺乏虚实变化而显得平滞呆板，极不自然。假山的组合单元诸如谷、壑、沟、罅、岫、洞等都是以实佐虚的，即使是壁、

302

303

304

302
橡皮泥模型

303
孟兆祯为扬州瘦西湖“石壁淙流”景区设计制作的假山模型

304
“石壁淙流”景区实景照片

岩、峰等以实为主的组合单元也是以虚辅实、交映生辉的。黑白是最本质的平面和空间构成。

宏观的虚实关系在总体布局选择组合单元和决定单元承接关系时就要解决，微观之虚实则以结构设计和施工来体现。从“拉底”开始就要奠定基础，自下而上最终形成。这一过程往往是实中有虚、虚中有实。这就要选择一些实中有虚的石材做特殊的处理，而对于只实不虚的石材则以组合的方式以实创虚。我们现在的好作品几乎都是虚实相生的，相对而言可以说是以虚胜实。

掇山千变万化，古代掇山集设计施工于一人，即匠师。现代可分设计、施工、养护管理三次实践环节，通力合成。我在掇山设计的实践中，先观察广州雕塑家做模型，逐渐转化为做雕塑橡皮泥模型（图 302），最后发展为用电烙铁烫制聚苯乙烯酯模型。电烙后质坚如石，最易烫制湖石假山，又用刀削做黄石模型。电烙铁头砸扁磨快也可烫制黄石模型，优点是形象逼真而质量轻，照片放大后如亲临实境，唯一的缺点是可燃，且烫制过程中排放毒气（图 303）。

第七节　置石与掇山的结构与施工

筑山是人造山的统称，也多指土山，由版筑而成。土石结合的山，土为主称土山带石，石为主则称石山带土，土山用石也有结构的意义。李渔《闲情偶寄》说："用以土代石之法，既减人工，又省物力，且有天然委曲之妙。混假山于真山之中，使人不能辨者，其法莫妙于此。累高广之山，全用碎石，则如百衲僧衣，求一无缝处而不得。此其所以不耐观也。以土间之，则可泯然无迹。且便于种树，树根盘固，与石比坚。且树大叶繁，混然一色，不辨其为谁石谁土。立于真山左右，有能辨为积累而成者乎？""土之不可胜石者，以石可壁立，而土则易崩，必仗石为藩篱故也。外石内土，此从来不易之法。"

古代园林的特置山石多用石榫头来稳定。运用石榫头必须先定山石的方向，找好了脸面再寻找山石的重心线，这样开石榫才稳定。石榫头并非完全光滑，定位旋转时有限度，否则将会裂开。石榫头的长度视石材及大小而异，北京故宫御花园石榫高而根深，石榫几乎沉下底座。一般特置石榫仅数厘米（图305），但石榫直径宜大。不同于木榫之密合，石榫只是安插、保险，主要的稳定性还是依靠山石自身的重心稳定。特置山石落榫后，与榫眼底间还有空隙，这样才能保证石榫头周边能稳

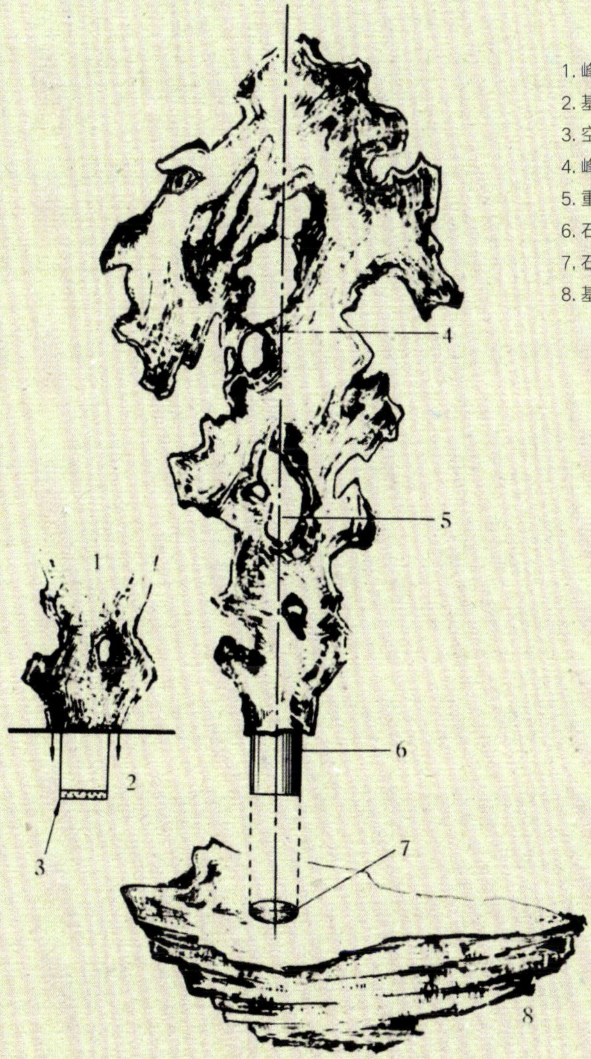

1. 峰石底部
2. 基座
3. 空隙
4. 峰石
5. 重心线
6. 石榫
7. 石槽
8. 基座（磐）

石榫头

接基座上石榫眼的周边，使重力均匀、稳妥地传下去。对于底面积过小的山石，也可直接插入基座，如重心偏外，还可用垫片把重心拉到满意的位置。园林工人在拆卸明清假山时，发现还有铁屑灌入铁垫片以求密合的做法。

山石从采石场运至工地后，要平放以便相石。到了工地还有小搬运，小石可支三脚架借助铁辘轳或绞盘半机械、半人工地起吊和水平移动。数吨重的大石宜以吊车施工，吊车能承受的重量和低角度平移的限度要提前充分评估。对山石捆绑的关键是打扣，粗麻绳常用图示结绳法（图 **306**），钢绳则用他法固定，钢绳坚实但易打滑，不如麻绳稳定。

山石基本到位后还需小调整，此时可用钢撬棍，亦图示其用法（图 **307**）。

1956 年我刚从北京农大园艺系毕业留校任助教，毕业班王致诚同学毕业论文以假山为题，我推荐给张蔚庭先生并共同访问“山子张”。致诚将张先生口传的经验从理念方面加以总结。我也和园林工程教研组的同人多次访问，在施工现场向张先生求教，并请他来给学生做专题讲座。他弥留之际我到床前问候，我问他有什么不舒服，他回答得很风趣，边笑边说“就是缺块杀”。意即站不稳要加垫片。

由张蔚庭先生口述，王致诚总结的山石结构“十字诀”，

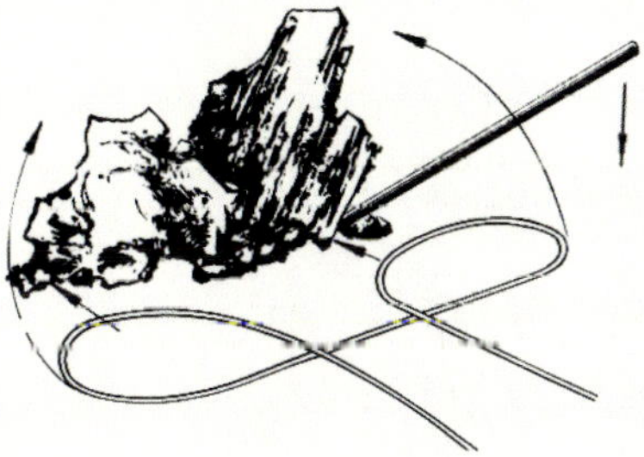

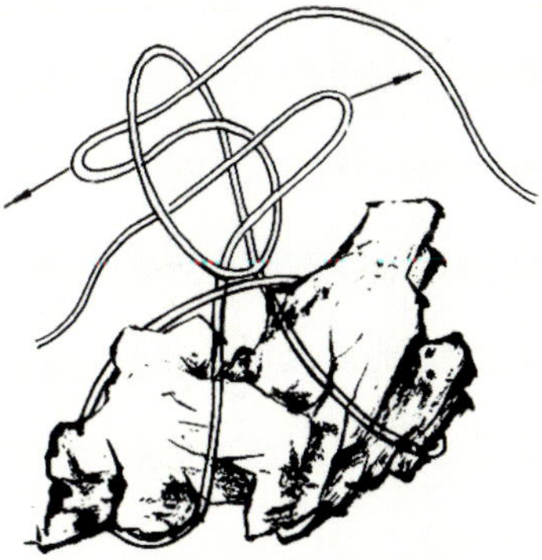

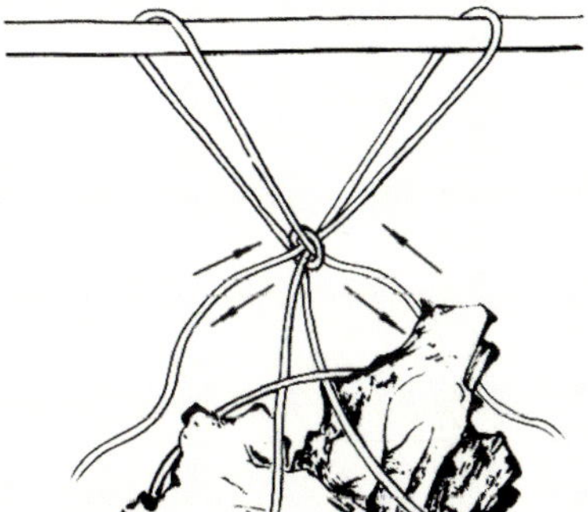

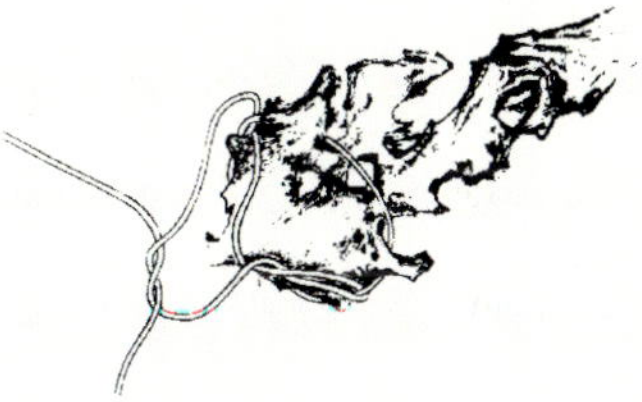

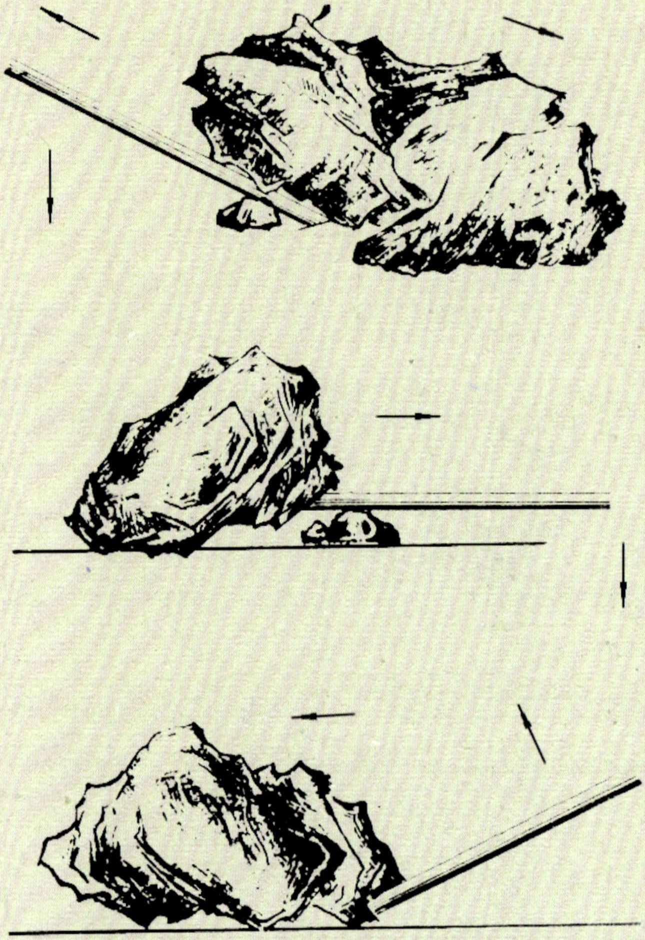

钢撬棍法

谨介绍于后，其中加入了一些我自己的认识。

我认为这些结构字诀都是从“外师造化，中得心源”而来，在长期实践中逐渐丰富，一诀又因石而多式。但这只是基本结构，只有实践才出真知。

张先生口述的“十字诀”（图308～图311），头一个字是“安”，即指安置山石。山石经人工掇合成山，首先要强调安稳，安置山石务求稳定。掇成以后要经得起时间的考验，确保长时间内能够不坍不倒。这不仅要求假山结构合理，而且石间相衔，均匀地把重力从中层传到基层。在力学方面起重要作用的山石要特别抗压、抗拉。安在具体做法方面有单安、双安和三安之分，要因石性而相安。三安也反映出中国传统哲学中天、地、人或主、客、配的观念。安石一般要保持上面水平。

连：山石水平向结体称连，连决定了朝四方如何延续发展。连对于处于基底或下层的山石特别重要。假使平面构成呆滞，上层山石又何以变化。因此要胸有成山、胸有全山。明白山石在总体中之地位，在山体组合单元中充当之角色，才知道

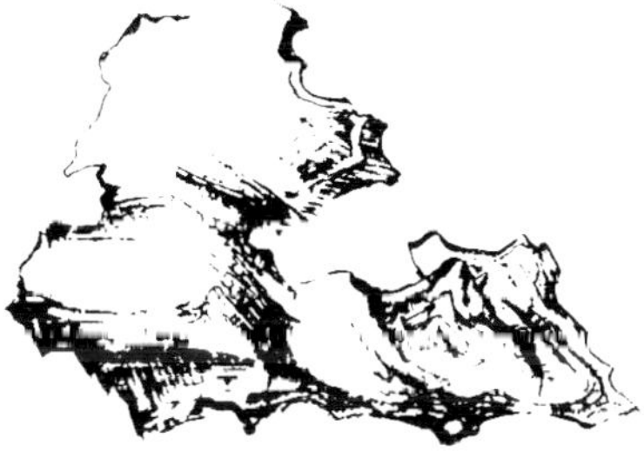

308
单安

309
三安

怎么连。连下为接上做好准备，方向多变、进出不一、高低相连、错落跌宕方可成巧。

接：竖向衔接山石称接。接石要注意做到脉络相贯、皴纹合宜、横竖一体。有时并不仅是对接，还有内接外留缝的做法，错接探出，各尽其妙。

斗：经水溶蚀或风化，石山会局部崩落，留下上拱起，下腾空，两端搭于二石间的自然石貌，是为斗之来源。然“一法多式”，拱高、拱度、腾空线型都有千变万化。北京乾隆花园第一进庭院，从东北向可明显看出斗的做法。

挎：自然山石侧面有凸出的小山岩，如人挎包者，称挎。挎可避免山石侧面平板。最好利用石侧面的小坎连接，尽可能不用铁活加固。

拼：连接的综合称拼，常以小石拼出大石的形象，甚至有用拼做出的特置山石。二石相连，空缝太宽大也可作拼缝。可以说拼涵盖了假山的所有字诀。撮合也可以说是拼。

悬：自然状态多见于钟乳石之悬空，黄石和其他石也有悬，成因不同，形象各异。人工做时于暗处出石上承以减少上顶下悬的荷载，南京瞻园南水假山，王其峰师傅做得很好。

剑：天然竖立之长条形山石，如苏州天平山之“万笏朝天”、泰山之“斩云剑”等。

连

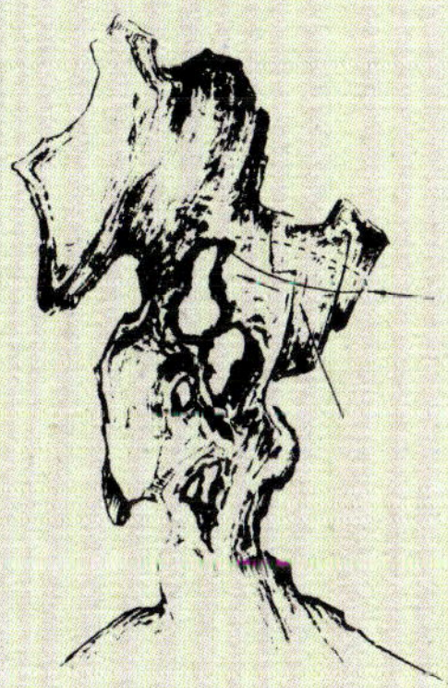
挎

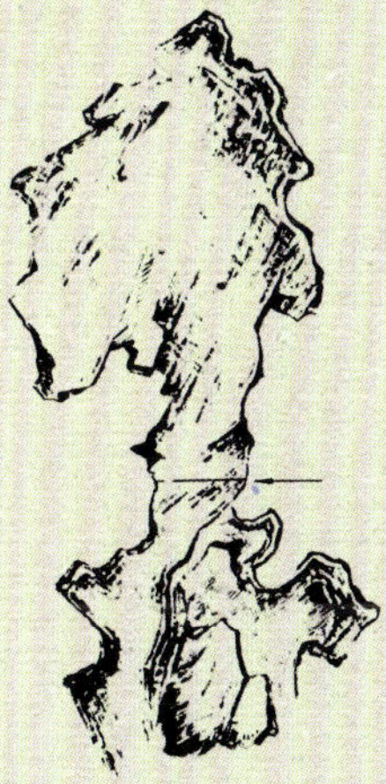
接

拼

斗

悬

310
“十字诀”组图之一

卡：云南石林“千钧一发”和泰山“仙桥”都是卡的自然状态。山石崩落于夹缝中，因上大下小而被卡住。人工可以此作“接”的一种手段，如避暑山庄“烟雨楼”石壁。

垂：从石上企口倒挂山石称垂，扬州“小盘谷”峭壁上有此做法。

除“山子张”传下的十字诀外，常用于山石结体的还有如下的字诀：

挑：自然岩石上存而下崩落后形成挑伸的岩体称挑（图 **312**）。人工掇山则由支点、前悬、后坚及飘等组成。出挑可分层，亦可单挑。分层出挑有若“叠涩”之半，最后总要

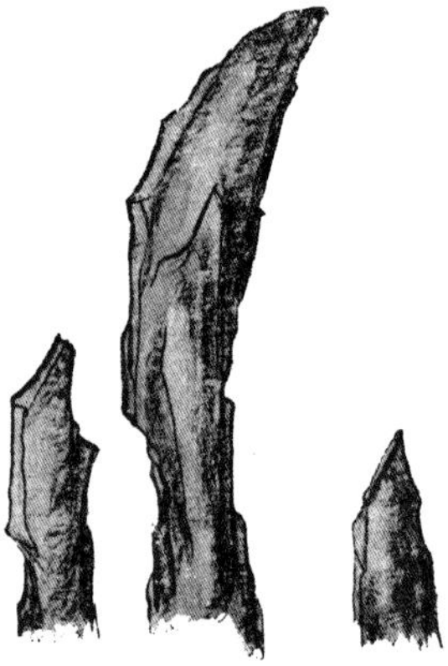

剑

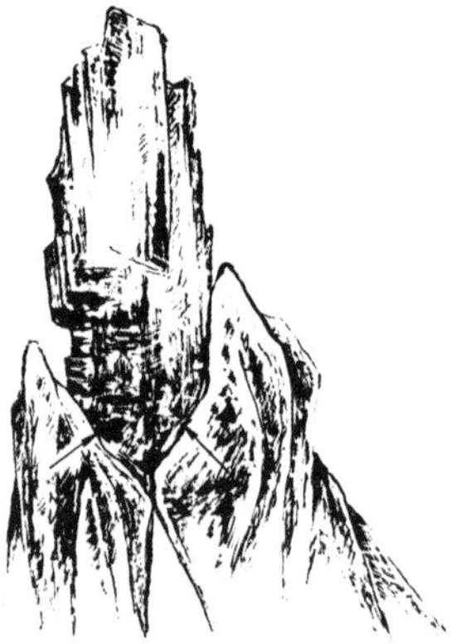

卡

垂

311

“十字诀”组图之二

落实到一个支点上。挑伸也有限度，单挑一般最多2米，分层出挑还可稍多挑出。山石挑出的部分称前悬，前悬需用数倍重量的山石镇压以保持平衡，后压的山石叫后坚。若出挑之石上面平滞，可稍增加变化。前悬以仰观效果最佳，平视、俯视次之。后坚宜藏不宜露，一法多式，变化多端。

撑：石下以柱状石支撑传力，有直撑可发挥“立柱承千斤”的作用，也有因材制宜的斜撑。如扬州个园夏山之洞柱，直斜并用，形态自然。

券：作山洞如环桥之券拱，受力和传力都是从斜到直。对湖石山洞特别相宜，苏州环秀山庄的假山洞中有典型的“券”，

挑

312
“十字诀”组图之“挑”

撑

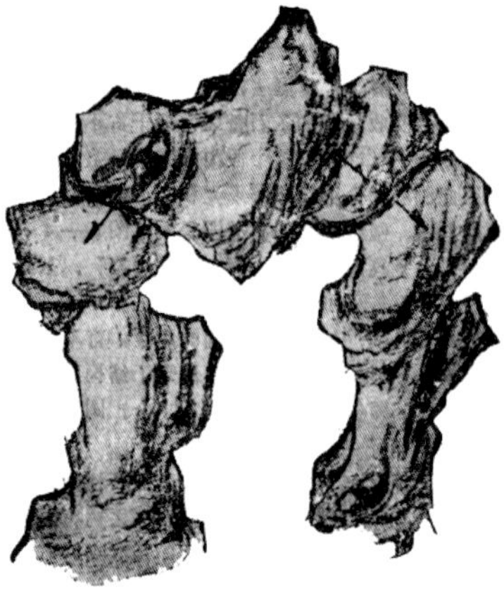
券

大小钩带，严丝合缝，甚至天衣无缝。(图 313)

313
撑，券

假山的持久稳定依托于科学的结构，一是基础，二是整体性。山石经掇合后互相咬定，用手拍石声音可传达到尽可能远之处。其中要点是塞。假山师傅技艺水平主要看安塞的技术。石因底不平而站不稳，就力学而言是重心力已出底外。重力塞要看准欲安塞的楔形空间，一块塞打进去就将重心线拉回来了。

作为假山基础的基础，放线时约在此山平面外各扩展 50 厘米。山体在地表下 30 ~ 50 厘米，古代用 3 ∶ 7 灰土做基层，要出窑不久的生石灰，加水化为石灰再均匀混合垠土。虚铺 30 厘米挤压到 15 厘米为一步，称荷重不一而异。灰土分干打和湿打，干打用打灰土的重木蛤蟆夯实。湿打是浸水一夜，次日用版筑杵打，越打越湿。古时有加糯米浆者。凝固后坚固耐久，拆除时要用风镐钻洞分开，灰土断面非常均匀，石灰化成无数均匀分布的小白点。圆明园驳岸有厚80厘米的灰土，抗冻固岸，外贴条石。

现代用素混凝土基层或钢筋混凝土基层。北京林业大学瞿志副教授在设计中国工程院院标门扉的特置山石时，用80厘米深的级配砂石夯实作基底，如蛋卧沙之稳定，石重5吨左右。

拉底达到足够硬度后便可安置拉底的基石。万丈高楼平地起，上面的变化都基于基石。挑出是有限的，拉底石顶已高出地面，再接中层，最后收顶。

图书在版编目（CIP）数据

中国园林理法 / 孟兆祯著 . -- 北京 : 北京出版社，
2023.6
ISBN 978-7-200-17332-1

Ⅰ . ①中… Ⅱ . ①孟… Ⅲ . ①古典园林—园林艺术—
中国—普及读物 Ⅳ . ① TU986.62-49

中国版本图书馆 CIP 数据核字 (2022) 第 132379 号

策 划 人：王忠波　　责任编辑：王忠波　吴剑文
文字编辑：高　媛　　责任印制：陈冬梅
责任营销：猫　娘　　装帧设计：吉　辰
辑封摄影：底津生　　辑封题字：老　莲

中国园林理法
ZHONGGUO YUANLIN LIFA
孟兆祯　著

出　版　北京出版集团
　　　　北京出版社
地　址　北京北三环中路 6 号
邮　编　100120
网　址　www.bph.com.cn
发　行　北京伦洋图书出版有限公司
印　刷　北京华联印刷有限公司
经　销　新华书店
开　本　787 毫米 ×1092 毫米　1/16
印　张　21.25
字　数　175 千字
版　次　2023 年 6 月第 1 版
印　次　2023 年 6 月第 1 次印刷
书　号　ISBN 978-7-200-17332-1
定　价　128.00 元

如有印装质量问题，由本社负责调换
质量监督电话 010-58572393

出版说明

“大家艺述”多是一代大家的经典著作，在还属于手抄的著述年代里，每个字都是经过作者精琢细磨之后所拣选的。为尊重作者写作习惯和遣词风格、尊重语言文字自身发展流变的规律，为读者提供一个可靠的版本，“大家艺述”对于已经经典化的作品不进行现代汉语的规范化处理。

《中国园林理法》一书中未标明来源的图片，均选自《园衍》一书。

特此说明。

北京出版社

大家艺述

- 曹　汛：中国造园艺术
- 汪菊渊：吞山怀谷——中国山水园林艺术
- 孟兆祯：中国园林理法
- 孟兆祯：中国园林鉴赏
- 孟兆祯：中国园林精粹
- 唐寰澄：桥梁的故事
- 唐寰澄：桥之魅——如何欣赏一座桥
- 唐寰澄：世界桥梁趣谈
- 王树村：民间美术与民俗
- 王树村：民间年画十讲
- 周维权：园林的意境
- 周维权：万方安和——皇家园林的故事
- 罗哲文：天工人巧——中国古园林六讲
- 陈师曾：中国绘画史（插图版）
- 罗小未：现代建筑奠基人
- 吴焕加：现代建筑的故事
- 吕凤子：中国画法研究
- 黄宾虹：宾虹论画
- 王树村：中国民间美术史（修订版）
- Valery Garett：中国服饰——从清代到现代